YA!

YOUNG AGE小說鮮視界！

青春滿點！活力滿載！好看滿分！

ウラナリ、北へ

窩囊廢
離家出走

板橋雅弘◎著
玉越博幸◎圖

窩囊廢的世界裡，有這些人……

黑木隼：十五歲，中學三年級。原本是一百七十六公分、五十二公斤，目前持續長高和長肉中。隼是個超普通的男生，生活重心除了功課、手球，還有那個罵他『窩囊廢』的超級暴力女……

藤森咲良：她的爸爸和隼的媽媽再婚了，所以兩人的關係很奇妙。她和隼同年，個性卻是活潑外向又強悍。目標是考上東京數一數二的高中，來東京生活，正為了升學考試全力衝刺中。

朝風同學：跟隼同班，他功課好、人緣好，還是手球社社長兼最佳守門員。不知為何，大家總是敬稱他為『朝風同學』。他的個性很冷靜，隼的任何事情都瞞不過他的眼睛。

出雲：手球社的最佳射手。雖然個子矮，動作卻很敏捷，只是個性很衝動。他和朝風同學是隼的死黨，雖然他平時一直對隼吐槽，但必要的時候還是跟朝風同學一樣很挺他。

瀨戶老師：隼唸的學校高中部的體育老師，也是手球社的指導老師。她說話語氣像男人，領導學生也很有男子氣概，不過長得挺漂亮，而且有目測『D罩杯』的火辣身材！

黑木家：隼的父母離婚後，現在家裡成員只有隼和父親兩個人。隼的爸爸很開明，父子相依為命，感情很好，常常一起煮飯、一起談心。隼的溫吞個性應該是像他老爸。

那須家：隼的親生母親再婚的家，目前只有隼的媽媽和那須先生兩個人。隼的老媽留著一頭短髮，是一位頭腦清晰、個性俐落的女強人。那須先生就是咲良的親生父親。

藤森家：咲良的母親和那須先生離婚以後，嫁給了藤森先生。咲良的媽媽帶著咲良、藤森先生帶著兒子，共組新家庭。最近增加了一個新成員小響，所以目前有五個人。

目錄

1. 秋天的體育館

如果能夠在像這樣的體育館比賽手球該多好。

為了讓腦部活動活絡一些，以免進入休眠狀態，所以每次想打呵欠時，我就會抬頭望著挑高的圓形天花板，試著趕走睡意。可是，差不多到極限了。

我撇著嘴，硬是把呵欠吞了回去。

這棟設備齊全又寬敞的嶄新體育館裡排滿了不銹鋼折疊椅，椅子上坐滿了跟我年紀差不多的男生和女生，大概聚集了有三百多人。

站在正前方講台上的副校長透過大型螢幕，滔滔不絕地介紹著學校的特色等等。

除了我之外，每個人都像是關節不太能動的積木人偶，乖乖地坐在椅子上，專心聆聽著說明。這不是校方強制規定大家必須這麼做，也不像有人在監視之類的，而是極大的興趣和注目，讓大家發揮了超齡的驚人專注力。

考生面對考試的力量真的很偉大。

我不禁帶著有些事不關己的心情佩服起大家。

我在東京都杉並區某所私立高中招生說明會的會場。周圍和我一樣來參加說明會的考生，身上穿著各校制服或低調的便服。我原本連想都沒想到參加說明會應該注意穿著，但在出門前被老爸叮嚀後，在白色襯衫外面套上了深藍色針織外套。託老爸叮嚀的福，讓我在會場不至於太顯眼。

四周的學生不是已經決定要參加這所高中的入學考試，就是已經把這所學校列入自己的志願之中。畢竟是要挑選必須度過未來三年的學校，也難怪大家會這麼花心思了。

我並不打算參加這所高中的入學考試。我預定直升目前就讀的國立附屬中學的附屬高中。雖然人家說預定就是未定，但到目前為止，我還挺樂觀的。如果沒辦法直升附屬高中，我就必須參加其他高中的入學考試。不過，聽說這所高中的學力偏差值很高，憑我的學力想考上，門都沒有。雖然我不太清楚自己的學力偏差值是多少，但是這麼批評我的是一個真心想考上這所高中的考生，所以我想大概錯不了吧！

總之，我沒辦法像大家那麼熱中。

『呼～啊～』

我終於忍不住，打了呵欠。雖然在呼出四分之一的空氣時，我急忙閉上了嘴巴，但一切都已太遲，眼眶已經變得濕潤了。

即使如此，我還是拚命把呵欠吞了回去。

我明明這麼努力了，卻……

『啊！好痛！』

從左側伸過來的手用力捏了我的大腿一下，我眼中的熱淚頓時奪眶而出。

坐在相反側，也就是右側的男生露出懷疑的眼神瞄了我一眼。我緊閉起嘴唇故作正經表情，一副強調什麼事都沒發生的樣子看向左側的人。

那人的清秀臉龐面向正前方，幾乎只見黑眼球的大眼睛也望著前方，看都不看我一眼。然後，那人在嘴邊豎起了食指。

噓！安靜一點。（無言的壓力傳來。）

真討人厭。不過，還挺可愛的。

差不多有三個月沒見到咲良，她除了多穿上冬季制服外套之外，其他地方看起來跟夏天那時候一樣，沒什麼改變。

我的模樣應該也跟夏天差不多，沒什麼改變吧！不過，以咲良的觀點來說，沒什麼改變應該代表著不好的意思吧！她一定會說我還是那個看起來營養不良的窩囊廢。

我無奈地把視線移向副校長。螢幕上播放著學生們踢足球的畫面，接著跳到了打棒球、籃球的畫面。副校長針對社團活動做了說明，但沒有特別針對哪一個社團，只是在解釋社團活動對於高中生活的意義，反正就是那種籠統的客套話。我再次把頭部稍微往

後仰，正準備看向不知道今天看了幾百次的天花板時……

咦？眼角餘光好像掃到了什麼熟悉的景象。

我急忙拉回視線時，螢幕已經跳到學生們划船的畫面。在這之前的畫面應該是手球社練球的情形吧？我是很想問問身邊的咲良，不過想也知道，她現在根本不可能回答我。所以，我悄悄地翻閱著校方發放的招生簡介。

找到了！體育類社團當中，確實有手球社的名稱。

原來這所高中有手球社啊！不知道他們強不強？直到這時，我才開始對這所高中有了興趣。

後來，副校長的說明很快就結束了。在最後，副校長告訴大家如果有任何疑問，都可以詢問在體育館外面待命的學生會幹部。

我一邊跟緊咲良以免走丟，一邊擠在人群中跟著大家接二連三地走出體育館。走了一會兒後，我拉了一下咲良的外套袖子說：

『妳可不可以先到校門口那裡等我一下？』

『幹嘛？你想上廁所啊？動作快一點喔！』

咲良擅自下結論後，立刻被其他事情吸引了注意力，一副『我才懶得管你想做什麼』的模樣，獨自快步向前走去。既然這樣，一開始就不要叫我陪妳來啊！雖然我很想這麼抱怨，但有件事等著我先去做。

走回體育館出口附近後，我試著找一個學生會幹部來問問題。不過幹部的四周都被人牆包圍了，我沒辦法突破人牆，只能站在稍遠處猶豫著。如果乖乖排隊等待，肯定要等很久很久，久得會讓咲良發飆。我看算了吧！反正也不是要問什麼很重要的事情。

就在我搖了搖頭，準備掉頭離去的時候……

『你是不是想問什麼？』

有個學生主動開口對我說話。他穿著整套的運動服，手上拿著一顆球。我驚訝得目瞪口呆，回過神，我不停眨著眼睛說：

『就是……你手上的球。』

『喔，你說這個啊？』

身穿運動服的學生露出和藹可親的笑容說。

『那是手球吧？』

『你怎麼知道？該不會是有玩過手球吧？』

『對，我參加了手球社。』

聽到我這麼回答，他瞪大眼睛說：

『你打什麼位置？』

『算是中鋒。』
『真的啊？那等你考進來，一定要加入我們社團喔！』
我不知道該做何反應，只能搔搔頭說：
『對我來說，這裡的學力偏差值太高了。』
他毫無顧慮地哈哈大笑說：
『考試靠的是運氣。』
『喔，是喔！』
聽到我含糊地點點頭回答，他親切地拍了拍我的肩膀說：
『你叫什麼名字？』
『黑木隼。』
『「隼」啊，很酷的名字喔！我會記住的。』
看見他準備往體育館走去，我急忙叫住他說：
『等一下。』
『嗯，什麼事？』
『我想問問題。』
『對喔，我都還沒幫你解答什麼呢！不知道我答不答得出來？』

比起學生會幹部，手球社社員更適合為我解答。雖然這個問題即使不問，我自己心裡也有底了。

『請問手球社也能在體育館裡面練習嗎？』

他舉起手中的球說：

『對啊！我現在就是要進去練習。不過熱門時間都被其他社團佔走了，所以有時候就會像今天這樣，要在不用上課的星期六特地來學校練習。』

我很滿意這個答案，說：

『謝謝你。祝你練習順利。』

『不會。』他輕輕向我揮手說，然後走遠了。

我急忙小跑步趕去校門口。

走到一半，我脫去室內拖鞋，準備穿回自己的鞋子。當我從胸前抱著的袋子裡拿出鞋子時，明顯感覺到旁邊的女生目光銳利地看了我的大鞋一眼。雖然說我沒什麼變，但從夏天到現在，我的大腳又大了五公分。或許也長高了吧！

我趕到校門口時，四周雖然還聚集了很多聽完說明會沒離開的考生，但我一眼就找到了咲良。她輕盈地坐上隔開人行道和車道的欄杆上。其實這樣遠遠看著咲良，覺得她還挺不賴的。

然而我的腳步立刻就像踩腳踏車爬坡一樣沉重了起來。
一個我不認識的男生站在咲良旁邊跟她說話。咲良明明看都不看對方一眼，那男生卻絲毫沒有要死心的樣子。
我緩緩走近咲良。
『欸，我叫富士昇。很菜市場名吧！我都主動告訴妳名字了，妳也跟我說妳的名字嘛！』
『……咲良。』
說出這句話的不是咲良本人，而是我。我只是純粹想叫她，並不是在回答那個叫富士什麼的傢伙，結果卻惹來咲良的白眼。
『喔～妳叫咲良啊！富士配櫻花❶，這組合簡直太有日本風情了。』
就結論來說，我還是讓對方知道了咲良的名字，所以被她白眼也是罪有應得。我這人就是不夠機靈，天生少根筋。
『怎麼這麼久？走了！』
咲良站到地上後，勾住了我的手臂。因為事情來得太突然，我不禁感到困惑，但心

譯註❶：咲良的日語發音與櫻花相同，都是SAKURA。

裡其實有些高興。

『他是妳男朋友喔？小兩口準備手牽手來考試啊？祝福你們一起考上喔！』

這男生說話真是諷刺到了極點。

『我要揍人了。』

咲良吊起眼角發出銳利的眼神，接著握緊了拳頭。我以前就挨過咲良的拳頭，這拳頭打人有多痛，我可是有過名副其實的『慘痛』經驗。如果看輕咲良是個女生而大意的話，這個叫富士的男生也會被揍得很慘。那可不妙，這裡是咲良的第一志願校的校門口耶！

『不要這樣。』

我站到中間隔開他們兩個，很沒男子氣概地阻止了咲良。富士的身高跟我差不多，體格看起來比我壯。

咲良一副心不甘情不願的樣子放下了拳頭。

原本嚇得發愣的富士知道自己不用挨揍後，立刻『哈哈哈哈』笑了起來。他顯得刻意的笑聲跟剛剛那個手球社的人完全不一樣，感覺不到一絲爽朗。

我拉著咲良離開了校門口。

『幹嘛阻止我啦！那種傢伙一拳揍扁他就好了。』

『好啦！下次如果在其他地方遇到他，就先海扁他一頓，再灌成水泥塊，丟到東京灣裡。』

就在我信口開河地亂說一通試著安撫咲良時，身後傳來了富士的聲音。

看見咲良停下了腳步，我不得已只好回過頭看。

『你叫什麼名字？』

富士看著我問。

『ㄓ……』

我答到一半，改變了念頭。又沒必要告訴富士我的名字。

『走囉！隼。』

咲良故意大聲喊了我的名字，她肯定是在報剛剛的仇。

2. 城市傳說湖泊系列

十月的微風吹動了水面，小船隨著水波搖晃，坐在我對面的咲良也隨著小船搖晃。

『我決定了。』

咲良凝視著她小心翼翼地放在膝蓋上的招生簡章，點頭說。

『妳要報考啊？』

『對。我拿命運跟這所學校賭了！』

『妳太誇張了啦！不過是決定了第一志願校而已吧？東京有很多高中的。』

又不像妳住的那種鄉下地方──我當然沒有說出這句話了。這裡可是浮在池塘上的小船耶！要是惹火咲良，誰知道會不會被她丟進池裡。

託那個叫富士的福，我和咲良沒有在高中前面的公車站排隊等公車，直接走了出去。雖然我們可以走到下一站去等，可是咲良卻說：『就這樣繼續走下去好了。』儘管咲良那時早就鬆開我的手臂，但我覺得這個提議還不錯。難得一個氣候宜人的秋日，如果直接擠電車回新宿未免太可惜了。

我們繞過公車專用道，朝著與車站相反的方向前進。因為對這一帶的地理位置不熟悉，我一下子就失去了方向感。不過，在我身旁的咲良雖然是個鄉下來的俗妹，卻挺可靠的。她似乎覺得早晚會遇到電車軌道，一副老神在在的模樣說：『這就是武藏野啊！』一邊說還一邊仰望著圍繞住宅區四周作為防風林的大樹。

走著走著，我們來到了一座大公園。公園中央有座池塘，旁邊有租船的店家，池塘上還有幾艘小船隨著水面在搖晃。看來咲良事前早就做好了調查。

『你會划船吧？』

咲良沒等我回答，就租了要自己動手划槳的小船。老實說，我比較希望她租那種用腳踩的天鵝船，但我還是不敢吭聲，戰戰兢兢地坐上小船，生硬地握住了船槳。

小船離開了岸邊。與其說是我划動了小船，不如說是小船被風吹動隨波逐流。在逐漸西沉的陽光照射下，儘管有些刺眼，卻感覺舒服極了。

『除了第一志願，我也沒得選了。』

咲良喃喃說，但她不像是說給我聽，而像是說給自己聽。

『什麼意思？』

『之後我們又起了爭執。可能是怕在我繼父和他兒子面前掛不住面子，我媽一直不肯答應我考東京的高中。而且我又不能對大肚子的人太兇，最後只好折衷。』

今年暑假咲良離家出走過了說短不算短的幾天，住進『遠房親戚』的家——也就是我家。咲良和我一樣是國三。她暗自決定，升上高中後要一個人搬到東京住。她會想這麼做，主要是家裡的緣故。簡單來說，咲良家是離過婚的雙親各自帶著小孩組成的家庭，以比較不敏感的現代用語來說，就是所謂的『繼親家庭』。現在咲良的母親懷了孕，也就是說，咲良即將擁有同母異父的弟弟或妹妹。

『說到這個，妳媽媽快生了吧？』

『嗯。大概吧！』

她故意含糊地回答，我也就沒再多問什麼了。其實，我也不是不能體會咲良的心情。我也是來自離婚家庭，後來跟了我老爸。而且，我老媽的再婚對象就是咲良的親生父親。也就是說，我和咲良如果是被不同的一方扶養，我們的關係或許會成了姊弟。

『遠房親戚』指的就是這麼回事。

『總之我現在只能報考一所東京的高中而已。而且還不能隨便考一間，一定要報考程度高到能夠讓大家接受我出來的高中。如果沒考上，我就得唸縣立高中，繼續住在家裡。』

『他們會接受我們今天去的學校嗎？』

『今天去的學校，偏差值比離我們家最近的縣立高中高了五分耶！他們應該沒得挑剔了吧！

『妳覺得妳考得上嗎？』

咲良輕輕咬了一下嘴唇說：

『如果是推甄，絕對上得了，而且我的校內成績早就達到標準了。』

咲良的話讓我聽得一頭霧水。咲良似乎發現了這點，她用鼻子哼了一聲說：

『聽好啊！入學考試分為推薦甄選和一般考試兩種。推薦甄選是校方要求考生以那所高中為第一志願校，並保證考取後絕對會入學，然後出簡單一點的入學考試題目給考生。相對地，想要有推薦甄選資格，國中成績必須達到一定的水準。懂了嗎？』

『嗯，算懂了吧！』

意思是，憑我的成績是拿不到推薦甄選的資格吧！至於一般考試，咲良也掛保證說過我絕對考不上。也就是說，我不可能擁有在那棟體育館練習手球的資格。不，如果從現在開始猛K書，搞不好還有希望。

『你到底有沒有聽懂啊？這些事情也不是跟你一點關係都沒有耶！』

咲良的話真是一針見血。目前就讀國立附屬中學的我應該可以直升高中部，但其實我內心偷偷在害怕會不會發生那個『萬一』，說不定是百分之一，一個不小心還可能是十分之一的可能性。如果直升不了高中，我也只能去報考其他學校。

『為了不要有萬一，我也是有努力用功的。』

儘管語調顯得懦弱，我還是反駁了她。不過，這其實是安慰自己的話。我拉回話題說：

『可是，為什麼妳不能接受推薦甄選？因為妳唸長野縣的國中嗎？』

『這一點關係都沒有。』

咲良斬釘截鐵地否定。只要有那麼一點點被當成土包子看待的感覺，她都會很敏感。

『從其他縣市來報考的考生其實也很多，而且就讀高中也沒規定一定要跟父母一起住。我指的不是這些事情，雖然我認定這所高中是我的第一志願，但我們家，應該說我媽並不認同，所以她不肯讓我接受推甄。』

小船『咚』一聲晃了一下。咲良的身體隨之向前傾，她用手撐住我的膝蓋保持平衡。即使如此，她仍然牢牢抱住裝有貴重招生簡章的紙袋。

『喂，你幹嘛啦！』

我一看，才發現不知不覺中小船已經回到岸邊，而且船頭撞上了繫船樁。

『我馬上划出去。』

我舉起船槳頂著繫船樁，試圖讓小船離開岸邊，但就是沒辦法順利划開。

『真是的，所以才說你是個窩囊廢。』

咲良不耐煩地說。

窩囊廢——罵人是無能懦弱的東西。這個綽號實在是形容得太貼切，貼切得讓人一肚子火。不用說，幫我取這個綽號的當然是咲良。

『我又沒有常常划船。』

『知道了啦！換我來。』

咲良在船上站了起來，她似乎打算自己動手划船。因為重心位置變高，使得小船不停在晃動。我戰戰兢兢地跟著站了起來，盡量壓低身子維持船身平衡。

『快點過來啊你。』

『不謹慎一點，萬一翻船怎麼辦？』

『你那麼怕的話，就趴著用爬的啊！』

『我已經在爬了。』

好不容易，我終於爬到咲良的座位跟她換了位置，也總算逃過了翻船意外，真是嚇得我心臟一直噗通噗通亂跳。

『看好，要這樣划。』

咲良一握起船槳，便開始有技巧地頂著繫船樁，小船轉眼間就離開了岸邊。身為一

個男生，這下面子全沒了。

『還不是因為妳經常在諏訪湖划船。』

『我是坐過諏訪湖的渡輪，但沒坐過要自己划的小船。』

『那附近不是還有很多什麼湖、什麼池的？好比說白樺湖之類的。』

我在腦海中想像咲良居住的長野縣茅野市的周邊地圖，做出微弱的反抗。

『你是在說蓼科湖還有女神湖之類的啊？』

『嗯，對啦！』

這幾座湖都是散落在高原上的湖泊，以後有機會跟咲良一起去這些湖走走應該也不錯。

『東京還不是有像這樣的湖。』

『我家附近沒有。』

『你都快上高中了，應該拓寬自己的活動範圍。』

咲良又刺到了我的痛處。要是咲良現在從船上跳回岸邊跑了，我可沒自信能夠自己回到家。跟獨自從長野縣坐上AZUSA列車來到東京的咲良比起來，我的活動範圍小得可憐。我們倆的差距就像騎馬的遊牧民族與農耕民族一樣。原來我是農耕民族啊！可是像我這樣的農耕民族，農作物應該收成不了吧！沒辦法，誰叫我自己就是長得一副營養不良樣的窩囊廢。

『對了。』

咲良安穩地操縱船槳，確實划動著小船。

『這裡是不是就是那個傳說中情侶只要一起划船，就一定會分手的湖？』

『喔，我好像聽過這樣的傳說。可是……不是這裡吧！』

雖然我一時想不起名字來，但我記得有這種傳說的湖是在一座滿有名的公園裡。而我們現在來到的這座公園是我從來沒聽過的公園。

『管它是在哪裡。反正我跟你又不是情侶，也不會有分不分手的問題。』

『是啊！』

其實咲良根本不用特地這麼強調，我又不是沒有自知之明。我當然知道咲良是怕一個人去參加招生說明會太無聊，才要我陪她去的，然後我們只是順便來公園划划船而已。事情就這麼單純。不過，如果是手球社隊友出雲看到了這樣的情景，肯定會說我們在約會吧！如果是沉著冷靜的社長朝風同學看到了，不知道又會怎麼想？不想了，反正我才不介意什麼情侶不情侶的。

我的視線從咲良身上挪開，看向了岸邊，結果看見沿著池畔的路上，有個傢伙停下腳踏車在看我們。那個傢伙感覺有點眼熟，仔細一看，原來是富士。

『那個搭訕男在那裡。』

我告訴咲良。

她隨著我的視線望過去後，不高興地別開臉說：

『當作沒看見。』

『報考生裡頭竟然有跟蹤狂，我看妳還是重新考慮一下要不要報考那所高中好了。』

『考不上的啦！那種傢伙。』

咲良加重了划船的力道。富士當然沒在我們的小船後頭追上來。在富士眼中，我跟咲良看起來不知道像不像情侶？搞不好他正在發揮念力，要讓我們分手。其實他根本就不用擔心的。

『妳在現在的學校裡也很受男生歡迎嗎？』

我不經意地這麼問。

『對。』

咲良立刻這麼回答，接著又說：

『才怪。』

我忍不住笑了出來，但是她臉上沒有笑容。

『因為我在班上沒辦法融入大家。』

『我想也是。』

聽到我附和的話，這回咲良也笑了。

當我們上岸時，富士已經不見了。

『在這座公園划過船的情侶永遠不會分手。』儘管我不禁在腦中捏造起這樣的城市傳說，但說什麼我也不會說出來。

快要黃昏了，我們吹著帶了微微涼意的秋風，離開了公園。

3. 白松露引來紅肉魚

這幾天都是秋高氣爽的好天氣，天空清澈得從公寓陽台就能看見遠方的富士山。只是，因為跟咲良見了面，一朵小烏雲飄上了我的心頭。

也不完全是因為心裡有點悶啦！總之下午我約老爸一起到附近的公園練球。

『這動作對消除肚子兩邊的贅肉好像挺有用的喔！』

與我背對背而站的老爸扭著上半身一邊傳球給我，一邊看似開心地自爆缺點。

我也扭轉上半身接過球，接著立刻轉到另一邊傳球給老爸。不用說，不只是肚子兩邊，全身上下都找不到贅肉的我，做起這樣的動作輕鬆自如。

『會不會太累？』

『明天一定會肌肉痠痛的。』

我接球時瞥了老爸一眼，結果看見他一臉痛苦的表情。即使如此，老爸還是沒有放慢動作，這就是他身為父親的尊嚴吧！

我跟老爸兩人一組做的動作是手球傳球練習的一種，簡單來說，這是一種讓練習者熟悉手球觸感的練習。就像樂器一樣，手球也是，多多接觸就會越來越順手，這是社長朝風同學告訴我的。

『啊！』

老爸歪著臉，表情痛苦。我接過球，停下了動作，繞到他面前看看狀況。

『怎麼了？』

『沒什麼。』

老爸一邊逞強地說，一邊用手揉著腰部。

『要不要休息一下？』

『沒事，不用。』

『現在的人做運動不流行以前那種吃苦耐勞的精神喔！』

『我不是這個意思。我想要有效利用時間。比起拖拖拉拉的練習，短時間集中練習會更有效果。不過，要持續練習三十分鐘以上，脂肪才會開始燃燒。』

重點就是，老爸認為既然做了運動，至少要做到能夠消除脂肪的程度才行。

『那我們來練習上下傳球好了。』

『不會動到肚子兩邊的肌肉嗎？』

『會用到腹肌，所以鮪魚肚會變小喔！』

『我才沒有鮪魚肚呢！頂多是秋刀魚肚而已，大小差很多好不好！』

我沒理會老爸的話。他『碰！碰！碰！』拍打著自己的肚子，但我還是沒理他。

『從頭頂接過球，再從胯下傳球給對方，然後一直反覆。』

我先示範給老爸看。

『沒問題。』

老爸一副接過挑戰書的模樣從我手上搶走手球，重新與我背對背而站說：

『開始了喔！』

『好，請。』

老爸一副幹勁十足的模樣，我卻像在唱反調似的用沒勁的聲音回答他。於是，我們展開了有規律的上下運動。對我而言，這是一段真實感受到手球觸感的愉快時光；對老爸而言，這或許是飽受腹部贅肉困擾的惱人時光。不過，並不是因為我是他兒子才這麼說，但我真的覺得老爸的身材還算不上是中年發福。

在那之後，我們又玩了一會兒投接球，不然老爸就是不肯休息。等我滿二十歲以後，老爸肯定一有什麼藉口就會帶我去居酒屋喝酒。因為他常說父子兩人一起接球和喝酒是『擁有兒子的日本父親的兩大夢想』。

從公園走回家的路上，老爸有事沒事就捏肚子說：

『我是不是變瘦了點？』

『應該有變瘦一丁點吧！』

拜運動所賜，我心中那塊烏雲似乎變小了些，所以我抱著感恩的心拍老爸的馬屁。拍完馬屁後，我順便問了他一個問題：

『老爸，你考高中的時候也K書K得很辛苦嗎？』

『我忘了耶！我對高中生活還印象深刻，可是不太記得高中考試那時候怎麼樣了。因為考試是必食的惡果。』

『必食的惡果？』

『為了讓我們領悟現在的世界注重的不是過程而是結果，所以出現了這樣的關卡。』

老爸語調平淡地說。

『不懂。』

『因為這不是你必須面對的問題，卻是咲良的問題。』

我的心臟噗通跳了一下。老爸說中了我的心聲。大部分時候，老爸都少一根筋，是個十足的窩囊廢老爸，可是有時候太掉以輕心的話，就會被他的驚人反應嚇壞。

雖然我也不是完全沒在思考高中考試的事情，但我承認自己確實抱著總有辦法升上

高中的心態。咲良就不同了。她說自己賭上了命運——命運耶！

還不只這樣……

『咲良說高中考試是她的人生分岔點。她還說這跟之前的分岔點不一樣……之前的分岔點指的是——』

『父母離婚以及母親再婚。』

或許是考慮到我難以啟齒，老爸幫我說了出來。

『嗯。她說這次是她自己能夠做選擇的分岔點。』

昨天說明會結束後，咲良就回家了。在等待AZUSA列車時，咲良在月台上這麼告訴我。

『她很成熟嘛！』

這是老爸的感想。老爸的意思是說，我太幼稚了。

『今天晚餐煮什錦豬肉湯好不好？』

老爸突然把話題轉到晚餐菜單上。他很喜歡喝什錦豬肉湯，有什麼特別的事情時，他總會煮什錦豬肉湯。

於是我們直接去了超級市場。

老爸動作迅速地在手推車裡放進五花黑豬肉、青蔥和牛蒡後，走到了鮮魚賣場。他瞪著各式各樣的鮮魚看了好一會兒，最後拿起兩盤沒有貼上特價標籤的切塊鮪魚。其中一盤是黑鮪魚肚肉，另一盤是大目鮪魚的紅肉，兩盤的價格差很多。

『冰箱還有雞蛋喔！』

聽了我顧慮到生活開支的建議後，老爸把黑鮪魚肚肉放了回去。

『歹勢喔！老實說，這個月還滿緊的。』

『不會啦！老爸的醃魚蓋飯本來就比黑鮪魚肚肉好吃。』

老爸也很喜歡吃醃魚蓋飯，不過他通常是在沒錢的時候做這道料理。

『乖兒子。』

『笨蛋才會認為東西好吃是因為那東西昂貴、那東西稀奇，他們不懂東西好吃是因為那東西本來就好吃。對吧？』

這是老爸語錄之一。

『沒錯。』

我與老爸感受著細細暖流流過心中的溫暖，去收銀台結帳。

在回家的路上，老爸這麼說：

『難得貧窮讓我們父子倆變得更親近，我老實跟你說好了。』

『什麼？』

『昂貴又稀奇的東西往往都好吃到不行，這也是個不爭的事實。』
我『噗哧』一聲笑了出來。
『這我早就知道了。』
『那我再跟你說一件事好了。』
因為聽到老爸刻意清了清喉嚨的聲音，所以我斜眼看向他。
『老爸昨天吃了一盤義大利麵，裡頭放了一大堆人稱世界三大珍味之一的松露，而且還是當中最頂級、只有在秋季上市的白松露。真的是好吃到一個不行。』
『人家請你吃的啊？還是為了採訪？』
從事雜文家工作的老爸經常有機會因為工作而吃到好吃的料理，所以我這麼問他。
『都不是，我自己掏腰包的。』
『所以你才會說這個月很緊嗎？』
『……大部分的原因是吧！』
『你跟誰去吃的？』
『……』
其實我一點也不在意老爸吃了白松露還是紅松露。老爸花的是他自己賺來的錢，而且我也不是個美食主義者。只是，他沒有立刻回答我跟誰吃了白松露，讓我有點不爽。

『跟誰去的？』

『你昨天是跟咲良出去了吧？』

老爸岔開了話題。

『咲良請我吃熱狗，可是我根本吃不飽，所以我回家又吃了生蛋拌飯。』

『年輕人真好，其實老爸也很想大口咬熱狗。』

『所以，你跟誰去的？』

『我想……暫時保持沉默。』

既然這樣，一開始就不要提起嘛！老爸昨天跟某人約會，他很想向我炫耀這件事情，可是又不肯告訴我對象是誰。老爸跟對方應該不至於已經進展到想要結婚的地步了吧……不過，這也很難說。不知道怎麼搞的，我的腦海裡突然浮現一頭亂髮的貝多芬——〈命運交響曲〉——噹噹噹噹！此刻的我好像有點能體會咲良的心情。

才覺得好不容易快散去的薄薄烏雲，化成了厚重的烏黑雲層。很快的，我發現並非只有我的內心世界，現實世界也開始下起雨，還淋濕了我的頭髮。我跟老爸沉默地快步走回家。

回到家後，老爸開始準備起晚餐，我也在一旁幫忙。我們兩人穿著圍裙，先把心中的芥蒂擱一旁，進入休戰狀態。

我們在淺盤裡放進醬油和味醂後，加入生蛋黃攪拌均勻。這是老爸不知道從哪家壽司店偷偷學來的醃魚醬調法，算是我們家的秘方。調好醃魚醬後，接著把切片好的鮪魚紅肉放入醬汁內浸泡，然後直接放進冰箱冷藏三十分鐘，就這麼簡單。生蛋黃的濃稠香味完全滲入了鮪魚紅肉，吃起來有種不同於鮪魚肚肉的濃郁口味。

什錦豬肉湯的料理方法也相當簡單。洗好的牛蒡削成薄片後，再把五花肉切成適當大小，青蔥也切段。接著在鍋子裡放進五花肉熬湯，再放進牛蒡去除腥味。熬煮一段時間後，放進味噌攪拌均勻。最後撒下青蔥稍微加熱後，即大功告成。

『在什錦豬肉湯裡放豆腐、蒟蒻或紅蘿蔔之類一大堆有的沒的，就不叫什錦豬肉湯了。』

『那就變成什錦味噌湯了，對吧？』

要說這句話是出自老爸語錄，其實更像老爸的口頭禪。

『沒錯。有格調的義大利人也不會在義大利麵裡放進好幾種食材。味噌湯裡最多只放兩種食材，青蔥是用於提味，所以不列入計算。而什錦豬肉湯的重點永遠在於品嘗湯裡的豬肉鮮味。』

老爸和我一邊閒聊著沒什麼意義的話題，一邊忙著洗米煮飯、準備醬菜。比起與老爸練習傳手球，這樣的互動順手多了。

用一個大碗盛上熱騰騰的白飯後，鋪上一片片表面沾上一小撮芥末的鮪魚紅肉，接著撒上海苔。然後，用大湯碗盛上滿滿的什錦豬肉湯。至於湯裡撒不撒七味粉，則是自己決定。

『開動了。』

老爸和我異口同聲地說，然後拿起筷子開飯。

與老爸的兩人晚餐吃得十分盡興。可是，一想到餐桌上如果多了一個可能成為我母親的人，我就不小心被紅肉表面沾了太多的芥末嗆到了。

『有那麼好吃啊？』

老爸一副悠哉的模樣笑著我。

4. 凋落的白楊樹葉

操場上未乾的水窪反射出陽光。

放學時間，稍早下個不停的雨已經停了。在朝風同學的邀約下，我參加了暌違已久的手球社練習。三年級的社員（話是這樣說啦，但國三生從暑假開始就已經退出社團，所以原則上應該稱為退社社員）除了我們倆之外，還有身高雖矮，身手卻很敏捷的出雲。

練習賽已經進行了約十五分鐘。

出雲丟出球傳給我，但因為手球表面濕滑，我差點沒接住球。

『你在搞什麼！』

這回換成出雲的怒吼聲立刻丟了過來。

『歹勢。』

我只能這樣回答，其實我已經喘得上氣不接下氣了。今年五月，我剛加入手球社（然後又閃電退社），雖然沒能讓球技突飛猛進，但我自認體力倒是好了很多。沒料到現在一下子就回到五月時的體力。

看見出雲在對手球門的四十五度位置就定位後，我把球傳回給他。

出雲立刻射門。

守門員還來不及反應，出雲射出的球就已經打在球門網上了。

『幹得好，出雲。』

負責守我方球門的朝風同學說。

聽了朝風同學的話，我也舉高手做出回應，結果——

『看到沒？』

出雲裝腔作勢地說。

『看到了。』

除了表示敬佩地這麼回答，我還能怎樣？而且，回答時還一邊喘氣。

上半場結束後，我們三年級生便退出了練習。我一共射了六次的門，其中四次成功。雖然在學弟們面前算是勉強保住了面子，但最後我整個人沒電，兩隻腳都像不是自己的了。不誇張，真的是腿軟了。

朝風同學和出雲都表現出一副適度揮灑完汗水的舒爽模樣。

『為什麼你們都不會累？』

我實在沒辦法不這麼問。他們倆也一樣退出了社團，而且花在讀書上的時間應該也比我多才對。

『只要不是下雨天，我都會跳繩。』

『跳幾下？』

『一千下。』

朝風同學一派輕鬆地回答。我不禁感到一陣暈眩。

『不管做什麼，基本體力都很重要。』

因為沒有辦法反駁，所以我傻笑著點點頭，看向出雲。出雲挺胸說：

『而且我精力超群。』

他的回答讓我忍不住噗哧笑了出來。朝風同學也露出了苦笑。

儘管體力消耗的程度不同，但我們都因為參加練習而變得興致高昂，沒有人想就這麼回家。於是，我們決定到車站附近的漢堡店坐坐。

不愧是『精力超群』，出雲點了雙層漢堡。朝風同學點了起司漢堡，而我則點了普通的漢堡。原本我以為自己可能連普通的漢堡都吃不完，結果咬了一口之後，很自然就嗑個精光。雖然不到『精力超群』的程度，但我畢竟也是個正在發育的國中生。

漢堡店外的街道旁種植著白楊樹，泛黃的樹葉飛舞，紛紛落在人行道上。

望著這般景象時，我突然覺得胸口一陣抽痛。不過在那同時，因為空腹吃漢堡刺激了胃，肚子覺得更餓了。

『唉～好想趕快升上高中部喔！』

聽到出雲的抱怨聲，我的視線一轉，看見一對附屬高中的情侶走進漢堡店，肩並著肩親密地在點餐。

『沒什麼好急的。時間一到，我們自然會當上高中生。』

『隼也會嗎？』

出雲打斷了朝風同學樂觀的話。

『Perhaps。可能，不對，搞不好……』

朝風同學也半開玩笑地答腔。

『煩耶！為了跟你們一起打手球，我不分晝夜發憤圖強耶！你們好歹也該說一些貼心的話吧！』

手拿托盤的情侶在我們隔壁桌坐了下來。

出雲應該會想在升學話題上多虧我幾句才對，只是他現在完全沒那個心情。

『等到升上了高中部，我絕對要交女朋友。』

出雲輕聲嘀咕，但語調相當有力。

『你不是經常抱怨我們學校的女生醜到爆嗎？』

朝風同學用平淡的口吻吐槽。

『是啊！都是一些只會讀書，每天出門都不知道有沒有洗臉的書呆子。』

『那你是打算把目標放在別校考進來的女生囉？』

『怎麼可能？對我來說，能夠考過我們學校高中部入學考試的女生根本就是外星人。』

出雲說出了高中部的學力偏差值。那數字比起咲良設為第一志願校（還篤定地說我絕對考不上）的私立高中學力偏差值高了三分。我半張著嘴巴，露出一臉呆瓜表情。原本我的學力偏差值就已經夠低了，但我又不小心露出至少再低了十分的蠢樣。就算順利升上高中部，我似乎還必須跟外星人排排坐著一起讀書。真是太恐怖了。

『那你要怎麼交女朋友？』

『跟其他高中的女生交往啊！憑我們學校高中部的名聲，算是頗受歡迎的名校，而且只要展現射門時的英姿，想要釣到正妹應該不難。』

出雲斬釘截鐵地下了斷言。他眼中燃起對未來充滿希望的熊熊火焰。接著，當他的目光瞪向隔壁桌情侶後，熊熊烈火就化成了黯淡無光的小火。

雖然朝風同學對這樣的出雲似乎感到難以置信，但我卻有些佩服他。和朝風同學的生涯規劃——東大畢業後當上高官，進而成為國家舉足輕重的人才——相比，出雲的目標或許顯得渺小又沒什麼意義，但他為自己訂下了明確的短期目標，而且把手球也考慮進去了。不像我，只因為受人邀約所以順理成章地玩起手球，至於以後的事，先升上高中部再打算。出雲比我有計畫多了。

咲良很了不起，朝風同學也很了不起。就算是出雲，也有那麼一點了不起。只有我和他們完全相反。

『說到這個，後來你還有跟那個自大的遠房親戚見面嗎？』

彷彿看穿了我心中正想著咲良似的，出雲用那雙仍發出黯淡小火的眼睛看著我。

『嗯？……沒有。』

突然之間我不禁說了謊。要是告訴出雲我陪咲良去了高中說明會，他肯定會徹底追究事情經過。要是再說出跟咲良兩人划船，誰知道會演變成什麼樣的慘事。雖然出雲口中說咲良自大，但如果拿我們學校國中部的女生來比，他一定覺得咲良有魅力得多。就算我再遲鈍，還是有這麼點直覺的。

『她決定要報考東京的高中了嗎？』

大概是為了消除出雲不懷好意的關心，朝風同學從旁插嘴問。

『不知道耶！她跟家裡好像鬧得很不愉快。』

我含糊地答。總覺得光是說出咲良本人打算就讀東京高中的事實，出雲就會做出敏感過度的反應。對出雲來說，交女朋友似乎是人生的重要主題。

出雲真的很煩。

『她會打電話給你嗎？』

『不會。』

『很可疑喔！至少會互相傳簡訊吧？』

『這也不會。』

『大家都是考生，會商量考試的事情也很正常吧！』

『我又不清楚考試的事情。要是沒辦法直升高中部，我根本就不知道自己要報考哪所高中。』

聽到我這麼回答，出雲似乎也只能露出苦笑。

『算了，今天就先放你一馬吧！』

出雲一副很了不起的樣子拍一下桌面說。

我覺得有點尷尬，乾脆把目光移向在窗外飛舞的白楊樹葉。腦中忽然浮現那天說明會後，在新宿車站的月台上送咲良上車的情景。

咲良那時表現得冷淡到不行。

上次暑假送咲良上車時，她親了我一下，然後從正面用力踹了我一腳。
這次的態度完全不同。
『我走囉！』
咲良很乾脆地走上SUPER AZUSA列車，沒在門邊停留就走進車廂，找到座位就坐了下來。雖然我原本一副有所期待的模樣在原地站了好一會兒，但因為看見咲良根本連看我一眼的意思都沒有，也就沒等待特快列車發車，離開了月台。我告訴自己咲良是在想事情，而且當天來回的旅程一定也讓她累壞了，但我仍然沒辦法完全抹去湧上心頭的那股落寞。
其實我心裡是有所期待的。期待什麼呢？具體來說，應該是kiss吧！對女生，我當然也感興趣。對咲良，我更是十分感興趣。都怪她說要去划什麼小船，才會讓我更介意這方面的事情。
那天分手後，咲良就不曾跟我聯絡過。
『差不多該走了。』
在朝風同學的催促下，我們走出漢堡店。
西邊天際此刻已染上一片橘紅。
隔壁桌的情侶也出來了。天氣明明沒那麼冷，兩人卻勾起手臂，緊緊依偎著彼此，

消失在車站剪票口的另一端。這時，我腦中浮現了一個疑問。

『朝風同學，你為什麼不交女朋友？』

『聽隼這麼一說～也對喔！你明明很受女生歡迎的。』

出雲一副現在才察覺到的模樣，露出感到不可思議的表情看著朝風同學說。

『嗯……為什麼呢？』

朝風同學岔開了話題。我繼續追問：

『是因為生涯規劃裡不需要女朋友嗎？』

『我又不是那麼誇張的禁慾主義者。如果有了喜歡的女生，而對方也喜歡我的話，我當然會跟她交往。』

『也就是說，是因為標準太高啊！』

出雲嘆了口氣說，這個話題也就結束了。

告別搭電車回家的兩人後，我跑了起來。為了增強體力，我臨時決定每天至少上下學要跑一跑。但是，我一下子就放棄了。我現在的心情比較想慢慢走回家。要跑的話，明天再開始好了。

我在腦中想像著一幅地圖，接著仰望著北北西方向的天空，天上已點綴著幾顆星星；咲良也在這片天空底下。這時，一片白楊樹落葉輕輕落在我的頭上。

5. 冬銀河

如同白楊樹的葉子一片一片地凋落，慢慢鋪滿人行道，我的日子也平平淡淡地流逝。很快的，秋天結束，進入了冬天。

除了對於升學抱有莫名的不安感之外，每天過得可說十分平穩，跑步上學，放學後再跑步回家。生活中也沒發生什麼特別的事。正值青春年華的我，感覺像是被籠罩在颱風眼之下。名為『咲良』的颱風依然沒有任何消息，我的個性也沒有積極到想主動與她聯絡。

讀書讀累時，我偶爾會想起咲良。但我會控制自己不要想得太入迷，否則一念之間，就會掉進妄想的無限迴圈。

聖誕節過了。新年也過了。

這段期間的我跟以往比起來，可說相當用功。比起國三生的平均讀書時間，或許少了很多，但我也是花了不少時間坐在書桌前面讀書。剩餘的時間我則是勤奮地做家事，尤其是煮飯時間過得特別開心。我不會執著於費工夫的料理，反而把重點放在如何有效

率地完成。應該說我熱中於保持料理節奏、在預定時間把料理一一排上餐桌。我身體裡音樂時鐘的娃娃們唱著歌，要我有規律地生活，所以我乖乖聽話了。

每到週末我就會做漢堡排。我會到週末所有商品打八折的肉店，去買和牛❷絞肉回家做。後來，肉店店員都認得我了，看到我還會說『今天也要老樣子吧』。雖然心裡有點高興，但也覺得有點尷尬。大部分的客人都會因為打八折，所以買牛排或是煮壽喜燒的高級肉回去，但我每次都只買絞肉。其實這不是因為老爸給我的餐費太少，而是因為比起牛排，我還比較想吃漢堡排，不對，應該說我比較想做漢堡排。只是，總不能跟肉店店員解釋這麼多吧！

有時候我會在漢堡肉上放起司片，或是放上蘿蔔泥做成和風口味，有一些變化，但漢堡排本身的煮法都一樣。我會把漢堡排煎得圓滾滾的，像是足球的形狀。用叉子切開之後，中心部位會呈現帶點紅色、近半熟的狀態，肉汁也會跟著滲出來。

『要是有錢又有地的話，還真想讓你開一間西餐廳。』

老爸一邊咀嚼著切成小塊的漢堡肉，一邊慫恿我。

『那我不要唸高中，去當廚師好了。』

譯註❷：『和牛』就是日本牛的意思。

『也好啊！這樣就不用繳學費了，你可以拿那些錢去法國還是義大利進修廚藝。』

老爸明知道我沒那個膽，還故意這樣煽動我。

『我看我還是讀書好了。』

我這麼嘀咕了一句。

在別人看來，少了母親的單親家庭，父親和兒子輪流做飯或許很奇怪吧！可是這樣的生活讓我感到自在，老爸似乎也沒有什麼不滿。

聖誕夜那天，在老爸的命令下，我在經常光顧的肉店買了牛排。肉店店員一邊用著粗獷的聲音說『聖誕節快樂』，一邊包起牛排遞給了我。後來我和老爸兩人一起吃了牛排和尺寸最小的圓形蛋糕。

『其實今天是有人約我的，但我說不能在聖誕夜丟下可愛的兒子孤單一人，所以含著淚拒絕了對方。你也趕快找個約會對象吧！』

老爸大口大口地喝下紅酒，喝得有些醉了。

『老爸自己才是吧！少在那邊老是扯一些很容易被戳破的謊，帶個女朋友回來給我看啊！』

我嘴巴很毒地反駁說。

『真的可以帶回來嗎？』

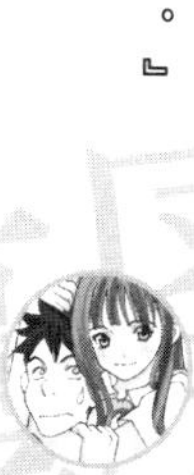

想不到爸會這樣回答。他的表情變得有點認真，害我心跳加快。

『哈哈哈哈！』

看見我這個樣子，老爸開心地笑了。

新年時我們回爺爺、奶奶家，吃了奶奶煮的年菜，也拿到了爺爺給的壓歲錢。我們還順道去了附近的神社拜拜，請求神明保佑我順利升上高中部。在那之後，雖然我沒什麼膽，但在老爸半逼迫下，我求了籤。

『中上籤』，『學業　宜求學』。

我真是鬆了一大口氣。因為我一直害怕要是不小心求到『下下籤』該怎麼辦。

『哈哈哈哈哈！』

老爸也開懷地笑了。

寒假一下就過了，學校也舉辦了高中部的內定直升考試。這次的考試成績會被列入三年來的統計成績裡，然後做出能否直升的最後審核。至於那些不用等到考試成績出爐就已經確定無法直升高中部的同學們，聽說在過年前就被導師叫去，要他們報考其他高中了。還好我沒有被叫去。

教室裡空出了幾張桌子。望著離自己最近的空桌子，我不禁感傷了起來。

我考得還不錯……吧！

考完試的隔天起，我、朝風同學和出雲每天都參加手球社練習。雖然嚴冬裡站在寒風颼颼的操場上感覺很冷，但身體動著動著，很快就不覺得冷了。剛開始拿起來有些不習慣的手球，也在兩、三天後找回了感覺。

星期五放學後，我照樣留在教室裡等著去練球，結果朝風同學拍了拍我的肩膀說：

『今天早點回去比較好。』

『為什麼？』

聽到我的詢問，朝風同學忽然像在嘆氣似的說：

『雖然官方說法是週末寄到，但你家離學校這麼近，說不定今天就會到吧！』

朝風同學這麼一說，我才想了起來：審核結果會在今天以限時信寄出。

『啊，對喔！』

『你都不緊張嘛！隼。』

『怎麼可能？我又不是你。我只是記性比較差而已。』

『一般人不會忘記這種事情吧？』

我現在才發現今天留在教室裡的同學比平常少了很多。

『那這樣，回家好了。』

『我今天也不打算參加練習。』

鐵定合格的朝風同學都這麼決定了，像我這種成績不太優秀的學生怎麼可以去參加社團？而且被朝風同學提醒後，我不禁開始在意起審核結果。

『嗯，回家吧！』

在校門口和朝風同學告別之後，我一如往常地開始跑步，只是跑步速度逐漸比平常快了起來。

安啦！

我點點頭這麼告訴自己。

可是……

不安的情緒湧上心頭。

在這種反覆的矛盾心情之中，風景不停飛向身後。

跑到公寓時，我已經氣喘如牛了。儘管露在外面的臉被冷風吹得都凍僵了，身體卻發熱得令人想脫掉外套。

首先，我看了看信箱。可能是老爸已經把信拿走了，信箱裡沒看到半封信，卻躺了一張借貸融資的廣告單。看著『想借錢嗎？』的斗大印刷字體，我把廣告單揉成了一團。

『怎麼開始有種不好的預感。』

總不能隨手亂丟，我只好捏著那團廣告單踏進了電梯，在電梯裡站著不動，心情漸漸浮躁了起來。

所以電梯門一打開，我就飛奔而出。

砰！我的肩膀撞上了某個人的身體。或許是因為這個想要搭電梯的人也剛好踏出了一步的關係，撞得我的肩膀很痛。一名個子比我矮很多的少年摸著額頭站在我身邊，他雖然穿著雙層大衣，卻仍然看得出他的身材很結實。看來似乎是他的頭撞到我肩膀了。他大概國一吧？年紀看起來比我小，不過不是小學生。

『對不起。』

我道歉，然而那個男生並沒有馬上回應。相反的，他的視線先掃過我全身上下，然後像是看到烏鴉在啄食剛丟掉的餿水袋一樣，用一種充滿憎恨的目光斜瞪著我。

『我不是故意的。』

我立刻辯解。他『哼』了一聲。

『你就是隼啊？』

『是。』

突然被對方叫出名字讓我相當吃驚——而且還是個年紀比我小的陌生男生。

『你是……』

就在我說到一半的時候，走廊傳來了一個聲音。
『怎麼了，GINGA？』
『沒什麼。』
由於少年回應了那個聲音，所以我知道他的名字是GINGA。GINGA寫成漢字的話，應該是『銀河』吧！
急促的腳步聲從走廊傳來，一個男人迅速出現在電梯門口。大概是銀河小弟（暫時先稱他『小弟』吧）的父親。男人的身材和銀河小弟一樣都是大骨架，身材稍胖。
銀河小弟的父親看到我之後也嚇了一跳，接著同樣打量了我全身。雖然他的視線之中沒有恨意，不過卻充滿了某種估量價值的感覺。我再次對他的父親辯解：
『我要出電梯的時候不小心撞到他。』
因為電梯門即將關閉，我趕忙走上走廊，從外面按住了『▼』的按鈕，銀河小弟也走進了電梯。他的手已經不再按著額頭，也沒再看我。
『呃……』
父親似乎想對我說什麼，思考著該說的話，不過在他想出來之前，銀河就插嘴。
『走吧！』
『好。』

父親欲言又止地走進電梯。

『告辭了。』

父親對我低下頭的同時，電梯門也關上了。銀河在最後一剎那又瞪了我一眼，那個眼神就像是挑釁烏鴉的狗一樣。電梯門緊閉，只剩莫名其妙的敵意殘留在現場。

『啊——真不爽。』

我搖搖頭，甩掉剛才的不好情緒。我很膽小，所以不敢在對方面前做出這個動作。

『不想了，現在最重要的是限時掛號。』

我離開電梯口，走上走廊，朝著自己家門口走去。

『我回來了。』

一打開門，我就看到老爸正在玄關整理平常不太用到的客用拖鞋。看到我之後，老爸露出了一個有點困惑的表情。

『怎麼？今天回來得很早嘛！』

『因為限時掛號信搞不好會在今天送來啊！』

我說話的尾音因為膽怯而沙啞。

『喔，是嗎？是上榜通知嗎？』

『還不知道會不會上榜就是了。還沒寄來嗎？』

『嗯，還沒。』

聽到這句話之後，我半是可惜、半是安心地脫下鞋子和大衣。

『剛才有客人來啊？』

我一面朝著客廳走去，一面問老爸。

『對啊！你碰到了嗎？』

『我在電梯口碰到了，結果被人家直接叫名字。』

『被兒子嗎？』

『嗯。他們是誰啊？』

老爸坐在桌子前面看著電腦螢幕，過了一會兒之後才回答：

『那是我的朋友，有事情麻煩我才登門拜訪的。』

『是喔！……』

我還想再問詳細一點，可是老爸卻開始打字。不過比起這件事情，我更在意放榜通知。我將一直抓在手上的廣告單丟進垃圾桶裡。

6. 讓櫻花綻放

叮咚！

在我耳裡聽來，這陣子我們家的門鈴總是發出這樣的聲音。

躺在沙發上看著寄給老爸的雜誌（其實只是假裝在看）的我立刻抬起頭來。老爸的臉也從電腦螢幕移開，對我使了個眼色。

咕嚕，我吞了一口口水。

我本來想若無其事地站起來，可是膝蓋卻用力撞上了放在沙發前面的矮桌。

『啊！痛死了～～』

老爸帶著一臉受不了我的表情接起了對講機。

『喂。是的。』

老爸按下按鈕，開啟了自動鎖。

『是限時掛號喔！隼，你去收吧！』

『嗯，我知道了。』

我一邊揉著膝蓋，一邊走向玄關。進入老爸的視線死角之後，我用手摸摸自己的胸口，心跳快到一種誇張的境界，連摀著胸口的指尖都微微發顫。

這種時候就是要深呼吸。

我大口地吸氣、吐氣，一面在腦中回想起收音機體操裡那個老頭的聲音，一面做起了雙手開合的動作，一連深呼吸了三次。門鈴又響了。

叮咚！

郵差來到家門口了。

『來了。』

我應門的聲音扭曲了。

打開門。

理所當然的，郵差就站在門口。外頭的寒風吹了進來。

『是限時掛號，麻煩簽名或蓋章。』

郵差公式化說完，出示了手上的大信封。我今後三年的未來就在裡面。

『簽名可以嗎？』

不管是宅配還是其他郵寄方式，我們家都是簽名了事。

『可以。麻煩你簽在這裡。』

我用郵差遞出的筆，在他出示的紙上用拙劣的筆跡簽下我的名字。果然，我的手正在輕微顫抖。

『給你，謝謝。』

郵差把信封交給我之後，便迅速消失在門的另一頭，朝著下一封郵件的主人家前去的腳步聲越來越遠。

我一直盯著信封看——明明這樣根本看不見裡面的東西啊！

我慢慢走回客廳。

老爸站著等我，他關懷的視線對我來說有些沉重。

『打開吧！』

老爸把剪刀交給我。

『我知道了。』

我也站著，用剪刀剪開了信封。

咔嚓、咔嚓、咔嚓。

我剪得很慢、很小心，然而信封還是馬上就被剪開了。

手伸進去之後，我摸到了某種文件。這些文件上面寫了什麼呢？由於我不是俄羅斯的超能力人士，自然也沒辦法用指尖讀出上面的文字，只感覺得到紙張的觸感罷了。

我嘆了一口氣。現在的心情就跟高空彈跳一樣——雖然我是沒有跳過啦！

我猛然抽出了信封裡的文件。

兩個字飛進眼簾。

『合格。』

我眼前看到的就只有自己低聲唸出的大大印刷字體而已，其他的文字全都看不見。

『上榜了嗎？』

我把文件遞給老爸。

『恭喜您通過附屬高中推薦甄選……通過了耶！』

『對啊！合格了。』

『隼，恭喜你。』

老爸抱住我——這也是相當突然，抱得我的肺臟都要痛起來了。

『喂，別這樣啦！』

『不要覺得丟臉，我們是父子啊！』

『不是丟臉，是難受。』

『別在意。』

『我很在意啦！都快要不能呼吸了。』

看到我咳嗽之後，老爸才終於放開了他粗魯的擁抱。
取而代之的，他輕輕地撞了我的胸口一記。

『去打電話給老媽。』

我看著掛在牆上的時鐘。

『她還在上班啦！』

『那就傳簡訊。』

『要寫什麼？』

『當然是「櫻花綻放」啊！』

『現在是冬天耶！』

『沒差。』

老爸自信滿滿地點點頭。

我拿了手機傳簡訊給老媽。

打完『櫻花』之後，我就想到咲良。距離大考只剩下一個月，咲良現在應該正陷在準備考試的水深火熱之中。我們彼此沒有聯絡。到了現在，如果我主動聯絡她，應該不會太奇怪吧！

但是我只是想想而已，這個時候我並沒有傳簡訊或是打電話給她。

老爸放下手邊的工作，不知道從什麼地方變出一瓶香檳放進冰箱裡。然後我們兩個人一起去買東西。

『要吃河豚火鍋還是壽喜燒？』

『看老爸喜歡什麼就吃什麼。』

『你在說什麼啊？這是慶祝隼上榜的喔！』

『那就……』

『還是壽喜燒吧！』

在我說出來之前，老爸就擅自決定了。老媽也是這樣，好像覺得只要讓我吃到牛肉就好了。嗯，不過和河豚比較起來，我確實比較喜歡牛肉。

我帶著老爸來到平日經常光顧的站前肉店，而不是超級市場。

『咦？明天跟後天才有打八折耶！』

店員露出了驚訝的表情。

『是喔～沒關係，我們今天想慶祝一下。給我壽喜燒用的米澤牛肉，嗯……六百克。』

正準備從展示櫃拿出平常我常買的牛絞肉的店員驚訝地看著我。

『先生？』

『什麼事？』

『你說是要慶祝什麼啊？』

老爸笑咪咪地從旁插嘴。

『我兒子考上高中了。』

『那恭喜你們了。』

店員將米澤牛肉拿出來放在磅秤上，按下按鈕之後『嗶』一下，六百公克的價錢就出現了。寒冷的北風在一瞬間吹上了老爸笑咪咪的表情。

『我特別幫你們打八折，以後還請多多光臨。』

店員小聲地說。我和老爸同時對他低頭致謝。

走在回家的路上，老爸頻頻佩服地說：

『隼長大了呢！竟然能自己發掘那種店，還跟店員混得那麼熟。再過不久你就是高中生了呢！』

『一開始在那家店買八折肉的人可是老爸欸！』

『是嗎？兒子長大就等於自己年老了，而且記性也會越來越差。』

『到時候老爸的胃可能會受不了霜降牛肉喔！』

『那就得趁現在多吃一點了。』

壽喜燒很好吃。根據老爸的說法，吃壽喜燒的時候用米澤牛肉會比松阪牛肉好。我還以為米澤牛就是吃蘋果的那種牛，但那其實是信州牛。還有，老爸從前吃過最棒的壽喜燒好像是用琵琶湖畔的近江牛肉。他還說，國產牛之中名列第一的是前澤牛肉。我想老爸應該喝醉了，我也有了點醉意。

在一開始乾杯的時候，老爸也在我的杯子裡倒了半杯香檳。一口氣喝完之後，我覺得胃裡面漸漸熱了起來。後來吃了太多壽喜燒，我都忘記自己喝了酒。不過在吃完飯、收拾完餐桌，回到自己的房間之後，我忽然沒來由地想聽聽咲良的聲音。

是酒精作祟。

我緊緊握住手機，打了電話給咲良。

鈴聲響了七次之後，咲良接起了電話。

『喂，我是隼。』

這種緊張的感覺和面對郵差時不一樣，害我的聲音扭曲了。

『我知道啊！幹嘛？』

她的手機裡存有我的電話號碼，所以馬上就知道是我打來的。雖然咲良是在知道來電人是我的情況下接起電話的，不過她的聲音聽起來還是非常不高興，彷彿冬眠的黑熊被人打擾了一般。殘留在我體內的酒精全都變成討厭的油汗，瞬間消失得一乾二淨。

『妳是不是在唸書啊？如果我吵到妳的話，就先掛斷好了。』

『我都已經接電話了，你就快點給我把事情說完。』

『不是什麼重要的事。』

『我想也是。到底是怎麼了？』

在這個節骨眼上我猶豫了。對於因為大考而繃緊神經的人，我或許不該報告自己合格的喜訊，尤其是像咲良這種不按牌理出牌的人。

但是，我根本沒其他事好說。如果沒事好說的話，我也沒必要打電話。

『我順利考上附屬高中了。』

她沉默了一會兒。

『是喔，不錯嘛！』

雖然她的口氣平淡，不過還是這麼對我說了。

『嗯，我要說的就只有這樣。』

『高興嗎？』

『還好。』

『既然你閒下來了，就到附近的神社去幫我祈求能夠考上吧！到時候我會跟你聯絡的。』

電話斷了。電話一斷，我的腦海中便立刻浮現咲良面對書桌的模樣。她搞不好會倒在床上嘆氣也說不定。可是她是咲良，應該會馬上翻身爬起來，再度坐回書桌前面吧！她一定會把我拋到九霄雲外，拚命唸書的。

我傳了一封簡訊給她。電波從冬天的星座下疾飛而去——飛往那個比這裡更寒冷的咲良的房間。

『讓櫻花綻放。』

7. D罩杯地獄

星期一早上，我把大衣夾在腋下跑著，雖然嘴裡吐著白霧，卻滿身是汗。並不是因為我想盡早看到朝風同學和出雲，在週末通過電話之後，我就已經知道手球社的三年級社員全都考上學校了。

我之所以跑步去學校，純粹是因為上下學慢跑已經成了我每天的功課。

站在校門口的瀨戶老師對我說：

『隼，早安。』

先被老師打了招呼讓我不由得緊急煞車。只可惜人不是車子，不可能說停就停。我的身子先超過了瀨戶老師，在重重的喘氣休息後才回過頭。

『老師早。』

我直愣愣地看著瀨戶老師。

『聽說你考上高中部了，恭喜你。』

瀨戶老師拍拍我的雙肩——應該說是『重』拍才對。

『是的，總算考上了。』

瀨戶老師雖然是高中部的老師，不過因為任教於同一所附屬中學，她大概也聽說我金榜題名了。

『我會在高中部徹底鍛鍊你的。』

『麻煩老師了。』

我不好意思地低下頭。

『如果連隼都考得上的話，手球社應該可以全員考進高中部吧！』

『嗯，不過我不知道大家是不是還會繼續加入手球社就是了。』

咦？瀨戶老師不知道其他人有沒有考上嗎——我突然這麼想，可是現在更讓我滿足的是自己說的這個很有自我風格的玩笑。

『你還真敢說啊！』

『不小心說溜嘴了。』

瀨戶老師用力拍了我的肩膀一下。如果一狀告上教育委員會的話，這一記重擊可是可以讓她變成體罰教師而釀成大問題的。實在很難想像她是個女人——除了她的D罩杯在那件看起來很暖和的毛衣裡晃呀晃之外。

『那我走了。』

瀨戶老師叫住了正打算繼續跑步的我。

『放學後，叫三年級社員全都到高中部的體育館集合，準備參加社團活動。聽到沒？』

『我會告訴大家的。』

我跑向國中部的教室。

進入教室之後，待在裡面的朝風同學看見我便微微舉起手，露出微笑。

我走近他的座位。

『考上高中部的心情怎麼樣？』

『朝風同學呢？』

『這對我來說是很自然的事情，所以我沒什麼特別的感想。我只是像往常一樣，朝著自己的目標前進罷了。』

他居然能輕描淡寫地說出這麼欠打的話，我感到有些無地自容。朝風同學不僅頭腦清楚、成績優秀，還相當沉著冷靜。我還真希望他能分一個優秀的評語給我。

『對啊！達成了眼前的目標之後，我應該會暫時無所事事地過段日子吧！』

『有何不可？只要在那段時間好好規劃自己的人生就行了。』

『但我現在還沒有真正成為高中生的感覺耶！』

『那你至少要訂定高中三年的目標。』

我稍微思考了一下，然後嘻皮笑臉地回答：

『打入手球的全國大賽。』

『喔，不錯嘛！跟我的目標一樣。』

朝風同學笑了。

『當然囉，我可是被朝風同學洗腦的欸！』

『我沒有對你洗腦，只是提議而已。』

『都行啦……對了……』

我想起瀨戶老師的話，於是告訴朝風同學大家要集合的事。

『是嗎？在高中部的體育館集合啊……』

由於朝風同學輕輕皺了皺眉頭，我便裝出一副害怕的樣子。

『該不會這麼早就要開始地獄特訓了吧？』

朝風同學聽了之後噗哧一笑。

『嗯，可能會被竹刀猛K。』

『像摔角道場那樣嗎？』

『沒錯，先來個一萬次蹲站，再做兩千下伏地挺身，最後才是對打練習。』

『打手球又不用練對打。』

『為了培養韌性啊！』

就在我們嘻嘻竊笑的時候，上課鈴也響起了。

教室裡到處都是空位。從今年開始，這就是非常理所當然的景象，附屬高中放榜之後，空位又更多了。

要不是加入了手球社……

我的座位或許也會成為其中一個空位。以前還沒有自己的想法時（現在當然也沒有），我參加了國立附屬中學的考試，然後也順利上榜，就這麼進入國中部就讀。雖然我也希望能像這樣考上高中部，不過就算考不上，我也覺得直接去唸自己考得上的高中也不錯。

會為了升學而唸書，是因為邀我參加手球社的朝風同學的關係。希望考上高中之後還是可以跟夥伴們一起玩社團——雖然不太正當，但這就是我發憤用功的動力。

還有，或許咲良也幫了不少忙。

我將視線移至窗外，淡淡的日光從色彩混濁的低垂雲朵之間灑落下來。現在長野說不定在下雪呢！

咲良應該已經進入準備聯考的最後衝刺階段了吧！雖然她沒辦法為我的金榜題名慶

祝，我還是誠心祈求她能考上第一志願（也就是東京的高中）。

我沒有在聽老師講課，不過似乎並不是只有我一個人這樣。

發呆了好一陣子，又到了放學時間。

手球社的三年級社員共有七個，所有人都穿著全套運動服集合之後，便走向高中部的體育館。

『真沒想到隼也會出現啊！』

對於出雲的冷嘲熱諷，大家都哈哈大笑，我也笑了。

『能和大家一起參加瀨戶老師的地獄特訓，真是太讓我高興了。』

『D罩杯特訓嗎？感覺滿難熬的。』

大家又笑了，只有朝風同學一個人一臉認真地回答：

『還是先做好心理準備吧！』

如果是在說笑，他的語氣也未免太平淡了，大家都不知道該不該笑。出雲不爽地瞪著我，不過並沒有多說什麼。

瀨戶老師和高中部的手球社社員已經在體育館裡等我們了。

其實我們並不是從來沒有見過面，已經退社的高三學生也不在場，可是高中部的社員們看起來成熟得不得了。對於只有個子高的我來說，他們的身高並不算什麼，不過一身和身高相稱的肌肉，卻令只長身高不長肌肉的我很震驚。

他們的臉也很不一樣，散發出的男人味簡直就要撲鼻而來。我也想當個堂堂男子漢，但是在這些人面前，我根本就像個娘兒們——就算不娘，也只是小朋友。

再過幾個月之後，我也會和這些人混在一起……真是讓我不敢相信。

『各位，恭喜你們考上高中。』

瀨戶老師這麼說，注視著我們。

『老師本來想替可愛的國中部社員慶祝一下的，不過很不巧的，老師的薪水不怎麼樣，而且大部分都花在伙食費了，於是老師想到一個不用花錢的禮物。』

一旁的出雲眼睛閃出光輝。他該不會是在期待能把臉埋進瀨戶老師的D罩杯裡吧！

當然，這是不可能的。

『讓你們使用體育館，進行比賽。』

國中部的社員全都喧鬧了起來，出雲也喊著：『太棒了！』手球這種競技本來就應該在體育館裡進行，但我們卻老是在操場上練習，就連參加都大會比賽的時候，也都是在主辦學校的操場比賽，所以對我們所有人而言，體育館是我們憧憬的殿堂。連升上三年級之後才半途參加的我，都想在體育館裡比賽。

我偷偷瞄了朝風同學一眼——和大家不同，他的表情非常緊繃。不知道為什麼，我

總覺得那是我意料中的表情。

『比賽只有半場三十分鐘。國中部剛好有七個人，所以可以在不換人的情況下進行比賽。對手是以高中部二年級社員為中心的校隊。校隊也不可以換人，以示公平。』

七個人從高中部社員行列中踏出一步。

看起來都很難纏。

我們國中部的社員全都倒抽了一口氣，連出雲的臉都垮了下來。我們曾經在夏天之前和高中部進行過幾次練習賽，可是對手總是高一社員。這次不同了。

朝風同學也向前踏出一步。

『我是社長朝風，請多指教。』

他的口吻雖然很有禮貌，態度卻毫不退讓。真不愧是朝風同學，面對高中部的校隊也面無懼色，而且彷彿在說『我們不會輸喔』似的。勇猛果敢——冠在朝風同學頭上的成語又增加了。

『好，大家好好打喔！』

出雲的不服輸電路似乎也打開了。

『嗯，好好打吧！』

我身上並沒有那種電路，不過出雲的幹勁似乎傳遞了過來，讓我用力點了點頭。

我們做了一些簡單的熱身運動，讓身體熱起來。

朝風同學告訴我們各自的位置。我的位置是在對方球門正前方進行壓制，出雲則是固定位置：左45。擔任守門員的守護神——朝風同學在走向我們隊上的球門時，小聲對我說：

『你一開始先將球都傳給出雲，這麼一來對方就會大意，到時候你再射門。』

『我知道了。』

我走進球場之後便站在出雲旁邊，他正在運球。

『在體育館裡面，球彈起來的感覺真好。』

『出雲的工作就是射門喔！』

他把球傳給我。

『嗯，就由我來射門。你別想要自己射門，好好傳球喔！』

出雲的眼神變得更兇暴了，這是好現象。

高中部的校隊一走進來，球場的空間就好像突然變狹窄了，給人一種壓迫感。不過我也不會因此膽怯，對手只不過是比我們大兩歲的人而已。

兩歲就是兩年。

拿來過日子的話，不過就是一眨眼的時間，可是當作未來目標的話，又太遙遠了。

別想了，現在是讓身體動起來的時候。

瀨戶老師吹哨子，比賽開始了。

我拚命地移動、再移動，出雲似乎也是如此，大家也都一樣。朝風同學不斷地大聲吶喊。

汗水和水蒸氣充滿了寒冬的體育館。

三十分鐘過後，練習賽結束了。

十六比四。

國中部——也就是我們——一敗塗地。

瀨戶老師的禮物真的是地獄特訓。

8. SEASON GREETING

在我奔向對方球門的時候，球傳到我手上。
運了一次球之後，我來到了中鋒的位置。
和我的身高不相上下的敵方球員已經張開雙手站在正前方等我了。
我朝出雲的位置看去。
就是敵方球門左邊四十五度角的地方。
我看不見他。
喔！看見了。
矮個子出雲被埋沒在防守他的兩名敵方球員的影子裡。
好不容易甩開敵方封鎖之後，他左右移動，無法和我對上視線。
果然。一直以來，不管進球與否，射門都是交給出雲投的。
這也是朝風同學的戰略。
我移開目光。

右邊四十五度。

又看到了。我和右45的出雲對上視線了，他的手在要球。

我點點頭，做了動作。

貼著我的敵方球員也有所反應，朝著右邊跟了過來。

他打算阻斷傳球路線。

一如我所預料。

這是朝風同學的戰略之二。

我高舉抓著球的手，扭轉身體。

射門。

眼前撲了個空的敵方球員臉上露出『慘了』的表情。

應該沒問題。

我用右腳蹬了一下體育館的地板。

看得見敵方球門了。

啊！完了。

敵方的守門員緊緊盯著我看。

被他識破了。

他在球門正中央張開雙手，擺出了防守的姿勢。

真龐大。看起來真龐大。

左邊？右邊？

不管丟向哪一邊，他似乎都能立刻反應。

既然這樣……

就正面攻破！

只能賭一把了。

我最擅長的正面射門。

鎖定。

我猛力收縮了手臂的肌肉，甩動肩膀。

給我打中！然後被球門吸進去！

守門員看起來一點也不緊張。

他張開的雙手擋住了臉的前方。

球被完美地彈開，直接滾到球場外面去。

我感受到一股寒風吹過。

我回過神來。裝病請假的我，現在正坐在午後的新宿車站月台某張長椅上。體育館並沒有破爛到會有寒風吹進來。

自從那天以後，這個場景曾經浮現在我的腦海無數次，就好像白日夢一樣。在睡前，或是稍微有點時間空檔的時候，我就會下意識回想起和高中校隊比的那場練習賽。

並不是不甘心，所以即使想起了那場比賽，我之後還是馬上就睡得著。

只是單純地回憶。在那場比賽之中，我射了兩次門，第二次射門時，球從左下方飛進球門得分。那一瞬間，我覺得自己跳得有快要撞上體育館天花板那麼高，可是那一段過程我卻想不太起來。然而沒有得分的正面射門卻毫不客氣地重複上演，但又像是我很喜歡的歌曲一般，百聽不厭。

自從那場比賽之後，出雲的壞心情持續了將近一個月，責備呆頭呆頭的我『幹勁不足』比以往更兇。我的幹勁或許真的不太夠，不過我也以自己的步調積極努力。最後，就是不斷地想起這段過程。

就在我又快想起的時候，車站的廣播聲讓我恢復了清醒。我甩甩頭，從長椅上站起來，看著月台前方的鐵路。

懷念的車廂駛進月台。

SUPER AZUSA。

車身上黏著片片雪花的車廂逐漸變大。我站在月台上，將雙手插進大衣口袋裡，還

是覺得非常冷。不過看起來，二月的長野已經積雪了。

列車通過我面前的時候，颳起了一陣寒風，感覺就像是從長野帶來的空氣一樣——不過當然不可能。

不久之後，SUPER AZUSA靠站了，乘客們紛紛從開啟的車門中走出來。我在他們之中尋覓著咲良的身影。

馬上就找到了。

咲良的冬季制服外裹著大衣，手上抱著包包，臉頰染上了紅暈。蘋果臉——我的腦海中浮現了這個字眼，但是如果說出來的話，應該會被揍吧！

『好久不見。』

咲良把包包塞進我的手裡，當作是回答我的問候。我乖乖地接下她的包包。不管怎麼說，人家都背負著明天的聯考重任。

『不就三個月多一點嗎？』

咲良一邊走出剪票口，一邊揉著眼睛。我們上次見面是秋天的時候，再上一次是夏天，再上一次的初次邂逅則是在春天的尾巴。每一季我都會看見咲良。接下來我們的見面機會或許會變得更頻繁，也有可能再也見不到面。

『睡眠不足嗎？』

『也不是，只是有點累。』

『因為妳做了最後衝刺嘛！』

咲良突然轉過頭來，她原本大大的眼睛變得很細。

『我跟隼不一樣，是不會臨時抱佛腳的。考前準備我做得很充足，身體狀態也調整得很好。反正不是你想的那樣，是因為今天早上出門前跟媽媽吵架了。』

『是喔……』

我小心地簡短回答。其實更應該換個話題讓咲良轉換心情的，不過我的個性並沒有那麼精明。

大致上來說，咲良來報考東京的高中已經獲得家人（這很複雜）初步同意了，可是她母親似乎也有自己的想法。雖然這不算是和我完全無關的事，但我也沒有插嘴的餘地。為了能讓咲良專心準備考試，我也只能這樣笨拙地支持她。因此，沒什麼方向感的我才會來到這個月台上人山人海的新宿車站接她，幫她拿著奇重無比的包包。

穿過大大的剪票口之後，我跟著咲良走進地下道。爬上地面以後，我們還是繼續前進。街道旁有許多高樓大廈林立，這雖然是電視上很常見的景象，不過我還是第一次親眼看到。我小心地不讓自己東張西望。如果做出那種舉動的話，就會被咲良當成土包子了。其實事實根本是相反。

咲良走進了其中一棟大樓，這是她今晚投宿的飯店，是她父親那須先生預訂的。飯店一樓是一個寬敞的大廳，在咲良辦理入住手續、將行李拿到房間裡的時候，我就在大廳的角落等著。

我的身體沉在軟綿綿的沙發裡。說實話，一個人待在陌生的環境裡讓我覺得不安。我總覺得和某個穿著飯店制服的人對上目光之後，對方會問我：『你怎麼了？』所以我盡量看著地上。

過了接近永遠的時間，當我看到咲良終於下樓時，眼淚都要流出來了。當然，我沒表現在臉上。

『從房間的窗戶可以看到東京的街道。』

咲良的聲音聽起來很興奮。這麼說來，今天的天空非常乾淨。在冬天的某些日子，連在東京都可以看見富士山——不過住在長野縣茅野市的咲良或許會覺得富士山沒什麼好稀奇的吧！不對，從那裡看到的好像是八之岳。總之，那須先生似乎為咲良安排了一個景觀不錯的房間。

『好了，我們走吧！』

『去哪裡？』

『去街上。』

這種回答方式非常曖昧不明，不過大概很符合咲良的心情吧！這麼說著的她看起來閃耀無比。

來到了街上。

我們在大公園裡散步，還往路邊大廈的高級餐廳偷看，然後穿過地鐵連通口來到百貨公司的地下樓。去年夏天，我帶咲良來過這家百貨公司。

咲良毫不猶豫地走向其中一個攤位，那裡的展示櫥窗裡擺著蛋糕，其中也有金色蒙布朗——盛夏的時候，我們兩個人在悶熱的新宿車站月台上吃過的金色蒙布朗。對我來說，那就是幸福的形狀。

咲良彎下腰，盯著金色蒙布朗。

『如果妳想吃的話，我就買給妳吃。』

我想起了皮包裡的錢。沒關係，大概可以買十個。

『不用了，今天只要看看就好。等到考完試之後，我再來大吃特吃。』

『大吃特吃？』

『沒錯，抱著蛋糕吃到飽的心情，能吃多少就吃多少。』

『會胖喔！』

咲良立刻直起腰，直挺挺地站著。

『我瘦了兩公斤。』

『我沒注意到。』

『所以我才說隼……』

『對，我是窩囊廢。』

我認命地回答。我確實是個瘦得不行、身高體重不成比例的瘦弱男生。這我自己也很清楚，就像是長在日照不良的田地裡的絲瓜一樣。

之後，我們到了大型書店，咲良買了幾本書——不是參考書。

『還是大城市比較好。我們那裡連一家像樣的書店也沒有。賣場雖然很大，裡面擺的卻都是一些無聊的書。』

『那不就賣不掉了嗎？』

『就是因為賣得掉才會擺出來啊！』

我不太懂意思，不過還是說了『原來如此』。

傍晚時，我們回到了飯店。

剛下班的那須先生穿著西裝，在約好的露天咖啡廳坐著喝咖啡，旁邊坐著同樣穿著套裝的老媽。那須先生是咲良的父親，但也是我老媽現在的老公。這有點複雜，今天我們就別說這件事了吧！

我們在高樓大廈裡的一家餐廳內，坐在吧台邊吃著天婦羅。麵衣裹著稀有的小草蝦，留下高級的甘甜味道之後滑進喉嚨深處。原來除了牛肉之外，還有別的美食啊！城市裡充滿了未知的事物，讓我感動不已。

咲良靜靜地吃著飯。

我知道，選擇天婦羅並不是為了讓我感動，而是考慮到咲良的狀況。老媽、我、咲良和那須先生在吧台右邊並排而坐。這麼一來，和老媽關係有點複雜的咲良就不太需要和她說話，也能安穩維持短暫的家庭假象。那須先生還真是辛苦，我有點同情他。

咲良明天就要考試了。

9. 在操場的中心呼喊『喂』

我無法靜下心來。

就好像在忍著不去上廁所一樣，我的下半身動個不停，根本就聽不到課堂上老師教了什麼。

現在，咲良正面臨著賭上人生的考試。

想到這裡，我變得比自己參加推薦甄選的時候還緊張，有時候還會感覺胸口好像糾結在一起似的。我是在窮緊張個什麼勁啊？即使這麼吐槽自己，我的心臟還是自顧自地活蹦亂跳了起來。

我祈禱了。雖然我不信什麼神明或佛祖，應該說我根本不知道祂們是否存在，但我仍舊拚命對著浩瀚宇宙中某個能左右人類命運的偉大力量祈禱著。不僅祈禱，今天早上我還喝茶喝到茶梗直立❸為止。結果竟然讓我喝了八杯，喝得我滿肚子都是茶，走路的

譯註❸：日本人相信在茶水中直立起來的茶葉梗可以帶來幸福。

時候肚子裡就發出茶浪的翻騰聲。

我握著藏在制服口袋裡的手機。

我把手機調成震動模式，可是卻毫無動靜。

靜悄悄地拿出來確認過後，也沒有任何未接來電。

沒有消息就是好消息。如果咲良在考試的時候打手機給我，那就表示發生了非常嚴重的意外。比方說，發現自己漏填了一個答案導致後面格子全部填錯——如果是我，可能會犯這種粗心的錯誤，但咲良是絕對不可能的。又比方說，準備好的鉛筆筆芯全斷掉了——但她至少應該會帶自動鉛筆，所以不可能。或者她突然肚子痛放棄考試？不可能。還是……好了，算了吧！

就在我心神不寧的時候，上午的課結束了。意思就是說，咲良的考試也結束了。

午休時間，出雲拿著手球跑來找我。

『喂，我們來特訓吧！』

最近只要天氣好，我們就會到操場上練習傳球什麼的。

『今天不行。』

『幹嘛，你感冒還沒好啊？那就請假別來學校嘛！不要隨便跑出來傳染給別人啦！』

出雲一邊觀察著我的臉色，一邊假裝故意往後跳一步。確實是如此。早知道就跟昨天一樣請病假了——我怎麼會現在才想到？

『朝風同學，你會練習吧？』

出雲對著走過來的朝風同學說。

『嗯，你先去吧！我等一下就過去。』

去操場的話，也可以跟其他的社員練球。朝風同學跟出雲傳了一次球之後搖搖頭。

『保重啊！窩囊廢先生。』

說完這句有點挖苦的話之後，出雲揮了一下手離開教室。目送出雲離開後，朝風同學把手放在我的額頭上說：

『好像沒有發燒。』

『嗯，就是正常體溫。』

『沒有咳嗽，也沒有打噴嚏、流鼻水。』

『對啊……』

『看來並不是感冒。可是從早上開始，你就很怪。』

被發現了。朝風同學不僅觀察力好，直覺也很敏銳。這個長處，不知道可以用什麼四字成語來形容。

我坦白告訴他。

『昨天我是裝病的。』

『為什麼？』

『有點事。』

朝風同學露出了別有含意的微笑。

『昨天和今天都是私立高中的聯考日嘛！教室裡的空位也很明顯。』

和自己沒有直接關係的事情，朝風同學也知道得很清楚。

『我沒有參加考試啦！我可是好不容易才考上高中部的，而且我能考的其他學校也只剩比較後段的。』

朝風同學直直看進我的眼睛深處，讓我不得不放棄。他的目標是當政府的高官，我想他很適合進警政署，只是警政署的長官不會親自偵訊就是了。

『昨天我去接咲良。她今天考試，現在應該已經考完了。』

『我想也是。』

『不要告訴出雲喔！要是他誤會，追根究柢問個沒完就太麻煩了。』

『嗯，我懂你的心情。』

朝風同學從窗戶俯瞰著操場，我也隨著他移動視線，出雲正好走上了操場。他找到其他社員之後，便朝著他們跑了過去。

『那你為什麼午休也要待在教室裡呢？』

朝風同學繼續審問。我忽然有點想喝水。

『因為她可能會打手機給我。』

『可能不會打。』

『也是啦！』

我下意識地摸索著口袋裡的手機。

『你要不要直接打給她？』

『不用了啦！』

『為什麼？』

『如果不想接的話，咲良是不會接手機的。她就是這種人。』

朝風同學伸出手撥亂我的頭髮。

『你還真是軟弱欸！』

我不覺得他在稱讚我，不過我也不生氣。不管軟弱與否，我都想等咲良或許會打來的電話。不，是我無法不等。個性這種東西是無法輕易改變的。

『好啦！我要過去了。』

朝風同學做了一個伸展動作之後，離開了我的身旁。

『嗯。』

我簡單地回答。朝風同學踩著輕快的腳步走出了教室。

我趴在桌上。

唉——我刻意地嘆了口氣。

然後立刻坐了起來。

我從抽屜裡隨意拿出一本課本翻著。

拿到的是英文課本，我試著讀了一些，不過完全看不懂。

我又把手伸進口袋裡。

手機還是一聲不吭。

我看著教室裡的時鐘，考試應該早就結束了。

我重複地做著這些動作……

就在漫長的午休時間快要結束的時候——

我的口袋突然劇烈震動，手機響了。我從椅子上站起來，膝蓋用力撞到桌子讓我痛得半死，不過現在不是在意這種事的時候。

是咲良打來的。

我緊緊抓住口袋裡的手機，飛奔出教室。我很想立刻接起來，可是學校裡禁止使用手機。我跑過走廊，衝進了男生廁所。雖然我沒用手壓著屁股，不過任誰看了都會覺得我快大出來了吧！

管他的。

進入廁所的同時，我將手機放在耳邊。

『喂？』

『接太慢了。』

這句突如其來的抱怨讓我鬆了口氣，安心地在馬桶上坐了下來。

『不能不離開教室啊！』

『你現在在哪裡？』

『男生廁所。』

『難怪那麼臭。』

『啊？很臭嗎？』

我下意識地聞了一下，然後才想到這是不可能的。

『當然是開玩笑的好不好！』

『我知道啦！不說這個了，妳考得怎麼樣？』

『從我的聲音你還聽不出來嗎？』

是跟平常一樣的咲良。意思就是她考得很好。

『太好了，這樣表示會考上了。』

『三天後才放榜就是了。』

我握著手機做出了一個勝利的手勢。

『妳現在在哪裡？』

『你覺得我在哪裡？』

『新宿嗎？』

『距離隼更近的地方。我現在正好鑽過了校門。你離開廁所，回到教室看看操場。』

『咦？不會吧！』

我離開馬桶站起身，像剛才一樣奮力衝回教室。

進入教室之後，我立刻衝刺到窗戶旁邊，然後把臉貼在窗戶上，盯著從操場到校門的那條路。

找到了，咲良在走路。

隼——

一個悶悶的叫聲從我的腰際傳來，是咲良的聲音，透過我還緊握在手中的手機傳了出來。

我掛上手機，打開了窗戶。寒風吹了進來，因為是冬天嘛！我用力對她揮手。

咲良看到之後也對我揮手。

喂！隼——

這次『真正的』咲良的聲音隨風飄來。

午休時間的操場在瞬間靜止了。大家都望向咲良，然後再追著咲良的視線看著從教室窗戶探出頭來的我。

這時，害羞的我突然很想把頭縮回去。從操場朝我望來的視線之中，也包含了朝風同學和出雲。

非常尷尬。

不過，我沒有馬上退縮。要是退縮的話，不知道待會兒會被咲良罵得多慘。

『我現在就過去！』

我擠出勇氣這麼喊完後，便離開了窗邊。結果留在教室裡的同學全都在盯著我。平常我絕對不是引人注目的那種人，給人的印象就是那種可有可無的無害傢伙。我此刻的舉動破壞了這樣的形象，所有人似乎都很迷惑。

『我的感冒好像變嚴重了。』

我留下這句一聽就是藉口的喃喃低語，便將抽屜裡的課本塞進書包、把大衣夾在腋下，離開了教室。

我小跑步通過走廊，一次跨兩格地跳下樓梯，然後換上外出的鞋子離開了教室。

朝風同學和出雲站在咲良旁邊。他們兩個人本來就認識咲良，所以也沒什麼好大驚小怪的，只是我個人倒是不太喜歡這種狀況。尤其是出雲，我該如何跟他解釋呢？

不過看到咲良爽朗的表情之後，我就覺得什麼都無所謂了。一切都可以等會再說。

我站在咲良的正前方。

『妳打電話來跟我講一下，不管妳在哪，我都可以去接妳欸！』

『我看你馬上就會迷路了。』

咲良這句話，讓原本瞪著我的出雲忍不住噗哧一笑。

『呃，說得也是。』

我只能搔搔頭。

『我想跟隼的爸爸打過招呼之後再回去。反正就跟車站在同一條路上，所以我想先過去。』

既然咲良這麼說，就先照著做吧！我對朝風同學微微低頭。

『我的感冒又惡化了，想要早退。』
『放屁！』
朝風同學阻止立刻插嘴吐槽的出雲，大方地點點頭。
『知道了。我會幫你跟老師說一聲。』
『那我們就先走了。』
我穿上大衣邁出腳步，咲良則是掛著不太過癮的表情走在我旁邊。走到校門之前，我一句話也沒說。
『喂，你是在不高興什麼？』
走出校門之後，咲良抓住了我的手問我。我堆著笑臉回答：
『怎麼可能？妳考完試之後跑到我的學校來欸！我高興都來不及了。』
原本撇著嘴的咲良似乎是氣消了，表情隨即變得和緩，對我說：
『隨你吧！你要這麼想的話我也沒辦法囉！』

10. 紅茶的理由

老爸拿出很少用到的茶壺泡了紅茶。

總是散亂著資料的桌上全清空了，上面擺著用開水溫過的茶杯。老爸一副理所當然的樣子倒著紅茶，一臉認真的他看起來怪得可以。

『砂糖跟牛奶呢？』

我問。老爸停止了倒茶的動作。

『糟糕，我忘記了，得先溫牛奶才行。』

做不慣的事情就不應該做。如果是咖啡的話，我和老爸都還知道該怎麼過濾沖泡，可是我們幾乎不喝紅茶，平常喝的時候也都用茶包泡——而且還是兩個人共用一個茶包。要加牛奶的時候，就直接把牛奶從冰箱拿出來，在紅茶裡加冰冷的牛奶。

『沒關係，兩樣我都不加。』

『喔，是嗎？太好了。』

聽到老爸和咲良的對話之後，原本準備站起來的我又坐回了椅子上。話說回來，為

什麼老爸要泡紅茶呢？是體貼剛考完試的咲良嗎？我總覺得他不像平常的老爸。

我們優雅地啜飲著紅茶。除了輕輕喊出一聲『好燙』之外，我一直保持沉默，老爸和咲良則是在聊天。

『考試好像考得不錯喔！』

『嗯，我發揮了實力。』

『說得好。妳本來就有實力，沒問題，接下來只要等好結果出爐而已。』

『三天後放榜。』

『妳要自己去看嗎？還是請學校郵寄？』

『我打算請隼去幫我看。』

我準備要拿茶杯的動作停了下來。我根本不知情。

『我去看？』

『這是准考證。』

她遞給我一張寫著號碼的紙。

『這可是重責大任啊！』

老爸用鼻子吸了一口氣，然後從嘴巴吐出，簡直像是自己被指名了一樣。

『考上的話，你就去領辦理入學手續的文件，再郵寄給我。』

『郵寄……是在郵局寄吧？』
我不安地確認了一下。
『不然還有其他地方嗎？』
『郵寄這個工作就交給老爸我吧！』
咲良賞了我一個白眼之後，立刻對著老爸說：
『麻煩您了。另外還有別的事要拜託您。』
咲良重新挺直了背。老爸也挺直了背，害我也跟著他們把背挺直。
『如果是在東京的代理父母，應該說是監護人，我會負起責任接下來。』
『這也是其中之一……』
咲良欲言又止。老爸緩緩地點頭，然後代替她開口。
『我很支持咲良，不過還是有幫得上忙與幫不上忙的事。』
『是。』
以咲良來說，這是非常罕見的奇妙回答。老爸大概知道咲良為什麼要專程跑來家裡，所以才會準備了紅茶。
我喝了口紅茶，喉嚨發出咕嚕一聲，不過咲良沒有反應。她專注地看著老爸。
『我了解咲良的家庭狀況，也沒打算用繼親家庭這種漂亮話一語帶過。不過咲良和

媽媽、繼父、弟弟，以及剛出生的寶寶畢竟還是一家人。』

咲良輕輕地咬住嘴唇。

對了，我都忘了，小寶寶應該已經出生了。我當然不能愚蠢地在這裡問：是男生還是女生呢？這種程度的細膩我還是有的。

老爸直截了當地說：

『我無法介入家庭問題，只能靠妳自己去說服他們了。』

到底是怎麼一回事？我心裡想著，不過口頭上沒說出來。如果考上了高中，就可以來東京，當初應該是這麼約好的啊！難道是她母親反悔了嗎？

『我知道了。』

咲良沒有做爭辯，只是點點頭。老爸也點點頭，但我沒跟著點頭。

『不過，如果是後援的話，我會盡力的。要是妳媽媽無論如何都不放心妳一個人在東京生活的話，妳要寄住我家也可以。』

什麼？這件事我也沒聽說。和咲良住在同一個屋簷下的話，我會很傷腦筋的。會有多傷腦筋我是不知道，不過總之就是會很傷腦筋。

『到時候就要麻煩你多多關照了。』

為了改變凝結的空氣，咲良從桌子下方踢了我一腳。

『呃……嗯。』

我只能這麼回答。

老爸靠在椅子上，將雙手枕在頭的後方，感覺起來好像是困難的話題結束了似的。

『不過，實在看不出來妳跟隼同樣年紀。妳不但有自己的想法，還很有行動力。最重要的是，妳很獨立。』

『也很任性，自作主張。』

我補充。我不反對老爸的意見，可是還是想說說這種程度的酸話。

『那也是一種魅力。』

老爸又補上這句話。我不反對，但是一旦承認就完了。

『那我也來任性一下好了。』

『有何不可？不要老是看別人的臉色啊！』

老爸又戳到我的痛處了。可是才一被說，我就看了咲良的臉色。

『好像沒辦法呢！』

咲良笑了。

『小心考上了我也不告訴妳喔！』

不甘心的我不由得說出了幼稚的話。

『這樣犯規。』

『我知道啦！』

被老爸小訓了一句之後，我聳聳肩。

『隼真好，那麼開心。』

咲良突然迸出了這麼一句話。我總覺得這是她的真心話。

『也還好吧！』

『嗯，隼也吃過一番苦頭呢！應該說是爸爸害你吃苦的。只不過對你沒什麼影響就是了。』

我差點被老爸的這番話感動了。前半段還可以，後半段根本就是多餘的。

『你那麼辛苦啊？』

咲良不敢相信地問。

『我也有我的苦衷囉！』

老爸露出了嚴肅的表情。

『沒錯，隼也有自己的苦處啊！但是目前並沒有咲良面對的情況那麼複雜。』

目前——這個字眼讓我有點在意。

『你的意思是我之後還會吃更多苦嗎？』

『或許吧！世事難料。老爸也沒想過自己會跟老媽離婚……不，可能稍微有想過吧！』

『原來有想過啊！』

『人類經常會覺得不安，無法不去想一些負面的事，但是即使如此，人還是只能向前走。所以隼才會誕生，咲良也才會誕生。然後，原本不可能邂逅的兩個人就這樣成了你們的父母。』

『所以呢？』

『我也不知道，目前我只能說這麼多。我並不是要告訴你塞翁失馬之類的教訓，我也不敢說是禍是福，也有可能什麼都不是。』

『嗯……什麼意思？』

『本來就沒有什麼意思。』

『意義這種東西，本來就是事後才加上去的。』

『是這樣子嗎？』

『應該是。至少我今天是這樣認為。』

聽到這裡，咲良已經開始嘻嘻竊笑了。老爸則是很刻意地哈哈大笑。沒辦法，我也只好卑屈地呵呵笑著。的確沒什麼意義。

喝了三杯紅茶之後，咲良站了起來。老爸本來打算送她到新宿，但是咲良說想要熟悉東京的地理環境而婉拒了，所以最後由我送咲良到附近搭車。

送客的時候，老爸不忘叮嚀咲良說：

『我會在東京等妳，為妳加油的。』

『我一定會來東京的。』

『可是要跟家人好好談喔！』

『我會的。』

『別讓妳媽媽傷心了。還有藤森先生——就是妳繼父——應該也會理解妳的想法的。』

咲良露出了有點驚訝的表情，不過急著走出玄關的她只是低下頭。

『叔叔再見。』

冬天的夕陽似乎還會變得更紅。我和咲良走在染上了淡紅色的大廈走廊上，搭上電梯。

不只是因為寒冷的關係，而是我們兩個人都沒什麼興致說話。

我們沉默地並肩走在往車站的路上。

咲良一定有讓她沉浸於思考的理由，不過我也不是沒有。

如果和咲良一起住的話——我心想——我還是不太願意。雖然姓氏不同，我和咲良仍算是兄妹（不，是姊弟），所以我還是不太願意。可是，那個時候我並沒有注意到，自己其實是不希望和老爸過慣的生活有所改變。

我在車站和咲良道別。

『下次見面就是春天了吧！』

『應該是早春——因為還有搬家之類的事情要忙。』

我一個人走在回家的路上，心想：『早春』真是個不錯的字眼呢！

11. 現在，我是個討厭鬼

放榜的早晨來臨了。

不是我，而是咲良報考的私立高中，可是我前一天晚上卻沒怎麼睡。我一邊想著現在正在呼呼大睡的咲良，一邊在床上翻來覆去。到了最後，我實在沒辦法，只好數著咲良助眠。

一個咲良、兩個咲良、三個咲良……浮現在我腦海中的咲良全都帶著不一樣的表情：生氣、非常生氣、非常非常生氣、心領神會的天使微笑，然後又換成了令人生恨的表情。數到第一百個咲良的時候，我終於睡著了。

今天是星期六，不用上課。放榜時間是十點，我也不需要急著趕去。但是我還是起了個大早。

天色陰沉，烏雲密佈。

雖然有種不祥的感覺，但我還是改變了想法。所有的考生都在這片天空下，而且，長野縣茅野市一定是晴天。

我打開冰箱，先拿出了牛奶盒。本來想喝牛奶，卻發現裡面沒剩多少了。既然這樣，我拿出了蛋和培根塊、奶油，打算來煎個蛋包，結果剛睡醒的老爸伸著懶腰喃喃說：『我沒睡好。』

『因為擔心咲良的放榜結果嗎？』

我的話讓垂著眼皮的老爸睜大了眼睛。

『隼在假日這麼早起床也是這個原因嗎？』

『就是覺得有點在意。』

老爸在茶壺裡裝水，然後打開了瓦斯爐。他看著我手中兩人份的早餐材料，於是自動自發地去泡咖啡。兩個大男人擠在大廈的廚房裡，雖然有點狹窄，不過我覺得還算是一幅不錯的畫面。

『看完榜之後，你今天應該要約會吧？』

『嗯，跟老媽約會。』

我每個月都會跟分居的老媽見一次面——不過上次是跟咲良和那須先生四個人一起聚會。

我準備開始煎蛋包。把蛋打進盆子裡（一人份是兩顆蛋，現在我做的是兩人份，所以要打四顆蛋），再加入少許牛奶之後攪拌，這麼一來，做出來的成品就會非常柔軟，

撒上胡椒鹽也很適合。
『要去看摔角嗎？』
『在那之前要先在新宿集合，老媽好像要買衣服給我。』
『是喔……順便叫她幫你買鞋子。』
『知道了。』
我的腳好像又變大了，穿著現在的二十七號半鞋時，趾尖會有點痛。
我先在平底鍋裡炒一下切成小塊的培根，接著將一半的培根盛進小盤子裡。用廚房紙巾吸掉平底鍋裡的油，再把奶油放進去。將半盆蛋汁倒進平底鍋之後，就要看我的手藝和當時的運氣了。關鍵時刻連老爸也不敢吵我。
咚咚咚，我敲著平底鍋的把手把蛋汁弄散，最後靠著鍋鏟的輔助，我很難得展現了氣勢把蛋翻面。
還算成功。
看到我順利翻面之後，老爸將盤子遞給我，關掉了燒茶的火。
我拿起小盤子，將盤裡的培根倒回平底鍋裡，然後又在鍋子裡塗滿了奶油，準備開始料理第二份蛋包。老爸則在泡咖啡。
剛煮好的歐姆蛋和咖啡，再加上之前買的牛角麵包，就是今天的早餐。老爸和我眺

望著看似寒冷的天色，沉默地吃著早餐。

我算準時間出門，十點出頭到學校剛好可以查榜。

『別忘了拿辦理入學手續的文件喔！』

『這麼重要的事，我不會忘記的啦！』

『不要因為擔心就自己跑去寄，一定要好好交給爸爸喔！』

『我會的。』

『確認上榜之後，記得馬上跟咲良聯絡……打手機比較好吧！』

『為什麼？』

『這種事情還是得直接告訴本人才行。』

『喔。』

我對老爸的建議毫無疑問。

『你今天會比較晚回來吧？』

『我應該會跟老媽一起吃晚餐——可能會吃燒肉吧！』

『吃飽一點再回來啊！』

對於這句話，我也絲毫不存疑。

好冷的一天。強烈的北風吹過通往車站的道路，揚起的髒東西飛進我的眼睛裡，相當刺痛。我閉起進了髒東西的眼睛繼續往前走，結果狹窄的視野和距離感害我撞上了路標。還好後來髒東西和我的眼淚一起流了出來，但總覺得哭出來是很不吉利的一件事。

搭上電車、轉車，接下來又換公車。我是第一次自己一個人去那所學校，可是算起來這已經是第三次去了，我也不可能再迷路。然而，我的心情卻跟迷路的人一樣無依無靠。

如果榜單上沒有咲良的准考證號碼……

明明就不可能會有這種事。我和穿著制服去看榜的國中生一起下公車，腳步還是免不了有些沉重。

鑽進校門就可以看到人牆。已經過十點了。

我一度停下了腳步。這種時候就是要深呼吸，還有往好的方面去想。

沒問題，她一定會考上的。沒錯，應考的人不是我，而是一直很優秀的咲良，她的學力偏差值很高。要是連咲良都沒考上的話，還有誰考得上啊？

好了，走吧！

『你在怕什麼啊？』

就在我正要踏出腳步的時候，突然有人從後面緊緊抓住我的肩膀，感覺很不好。我回過頭，看見一張眼熟的臉露出了令人不快的笑容。

『嗯？』

我瞇起眼睛。是那個傢伙，跟咲良搭訕的那個，呃……富士。

『你今天一個人啊？』

『跟你沒關係吧！』

『怎麼會沒關係？我們搞不好會唸同一所高中耶！』

『那是……』

不可能的——我在嘴裡小聲唸著，然後立刻想到我雖然不可能跟他同校，咲良倒是有可能。

『一起去看榜單吧！』

我們的目的地是一樣的。沒辦法，我只好跟富士一起走。富士巧妙地穿過了貼著上榜考生准考證號碼的公佈欄前面的人牆，我也跟在他後面。

我抬頭看著公佈欄。

我清楚記得咲良的准考證號碼，並且尋找著那個號碼。

『上了。』

這麼喃喃自語的人是富士。

我感覺到富士的目光投注在我的側臉。我點點頭，繼續搜尋著應該存在的號碼。

然而，我找不到。

我又看了一次。沒有。雖然不可能，但還是沒有。
『沒有嗎？』
富士的聲音聽起來很冷酷。
不過就是沒有。別說咲良的號碼了，我甚至連接近的號碼都沒找到。應該說，我連三位數數字開頭的號碼都沒看到。
怎麼可能？
我抱著萬念俱灰的心情，將視線移至並排的數字上方。那裡不就寫了嗎？上面寫著『男子上榜名單』。我真是個白癡。
『什麼嘛！嚇死我了。』
我深深地吐了一口氣，感覺自己的肺臟都扁掉了。
『有嗎？』
沒錯，不可能沒有。我自信滿滿地回答富士。
『沒有，不過還是有。』
『啥？你是因為落榜的打擊過大而瘋了嗎？』
我無視一頭霧水的富士，環顧周圍。當然，我的身邊只有男生，女生則是聚集在較遠的地方。

我走向那裡，富士也追了上來。我沒理他，撥開女生們站在公佈欄前面。

咲良的准考證號碼馬上就躍進眼簾。我用力點點頭，然後又好好地看了那個號碼一次。

『找到了。』

『你是人妖啊？』

富士好像說了這一類的話，不過我根本沒在聽。我無法抑制住湧起的喜悅，高舉雙手。

『萬歲！』

富士嚇得倒退了一步，周圍的女生也驚訝地回頭看著我。無所謂。我現在高興得快爆炸了。

『考上了呢！』

我一面從口袋裡拿出咲良的准考證，一面沉浸在無比的歡樂之中。我比對了這個號碼和公佈欄上的號碼，的確相同。

沒錯沒錯——我用力點著頭。

忽然，下半身爬過一陣劇烈的疼痛。

唔……我忍不住呻吟，當場蹲了下來。我用雙手壓著褲子前方彎下腰，只有眼睛朝上看。富士的右手做出了空握著球的姿勢站著。

『明明就有嘛！』

是富士抓了我的胯下，而且還毫不客氣、毫不留情。

『很痛吧……』

『那是男人的證據。』

旁邊的女生們都笑了。

富士彎下腰，把頭伸到我面前。

『該不會是你落榜，只有跟你一起坐船的女朋友考上了吧？那你可不用那麼爽啊！因為這樣我就有機會了。』

我沒有落榜，因為我根本沒有報考。可是硬是要說的話，富士說的話也不是完全不對。如果報考這所高中的話，我大概會落榜吧！咲良曾經如此斷言過。

總之，他把我惹火了。因為興高采烈而情緒也同樣不安定的我化身為『憤怒大魔神』，猛然站起來。

富士也跟著我站了起來。

我立刻揍了他一拳。

身上裹著的大衣有點礙手，讓我無法發揮全身的力量攻擊。

砰。是一聲悶響，不過聲音還不錯。

毫無防備的富士撞開了幾個女生倒在地上。

『幹嘛啊！你這傢伙。』

我冷冷地對著準備爬起來反擊的富士說：

『如果你想要在入學之前被退學的話就來啊！』

我看得出來富士恨得咬牙切齒。這種感覺真好。如果真的打起來的話，一定是富士會贏吧！和我不同的是，富士會因此失去某些東西。

我轉身背對著富士，朝著發放合格證書和入學手續文件的辦公室走去。我知道他不會衝上來打我。

我現在是個討厭的傢伙，我成功破壞了富士的形象。這麼試過以後，我覺得當壞人的感覺還真不錯。哇哈哈哈，活該！而且不可思議的是，之後也沒什麼不好的感覺。不過，我也知道這不適合我。今天晚上睡覺之前，我得好好反省才行。

稍微從興奮之中清醒過來的我拿起了手機——得告訴咲良。

我將手機靠在耳邊。咲良會有什麼反應呢？大概會裝出一副毫不在意的樣子吧！啊，沒錯，就是那種感覺。鈴聲中斷了。

『您撥的號碼沒有回應，無法接通。』

12. 某個人的鞋子

我打了好幾次電話給咲良，不過一直聯絡不到她。我想要聽到咲良的聲音，親口告訴她上榜的喜訊，所以沒有留言。但是只要看到未接來電，她就會知道是我打來的。我本來也想打電話到她家去，不過還是放棄了。我希望能直接告訴咲良，而不是透過她的家人，我也覺得自己應該這麼做。

話說回來，到底發生什麼事了啊？

我非常焦躁不安。我和老媽約在新宿車站的出口，雖然站在人群之中，但我的心思卻飛到了別處。既然手機沒有訊號，我就將自己的意念訊號傳遞到長野縣去吧！

妳考上了喔！妳可以來東京了。我這個身負重任的跑腿，只想盡快將這個好消息告訴妳。

搞不好咲良會打給我——我的手一直緊握著大衣口袋裡的手機。在寒冷的天空下，只有那隻手流出了汗水。就在忍耐不住的我將手機拿出來第十次，打算按下重撥鍵的時候，耳熟的聲音傳了過來。

『我沒有遲到那麼久吧？』

老媽在我不知不覺間出現在眼前。

『嗯，對啊！』

我曖昧地嘟囔一聲，將手機放回口袋裡。老媽用保養得很漂亮的小指尖輕輕地敲了我夾在腋下那個印有學校名稱的文件袋。

『咲良考上了呀？』

『嗯，考上了。』

老媽忽然嘆了口氣。

『我也覺得她會考上……她爸爸不知道會怎麼想？』

其實，比起咲良爸爸的想法，我還有更想知道的事，於是我問：

『那老媽妳是怎麼想的呢？』

我想知道的是，老媽對於再婚對象分居的女兒考上高中時的心情。

『嗯，我也不清楚。考上了當然很好，不過之後或許會很麻煩，但這才是有趣的地方囉！老實說，就跟知道隼考上高中部的時候一樣，並沒有打從心底高興得不得了的感覺。』

我似懂非懂，但是這樣的想法確實很有老媽的風格。

『對了，今天我臨時有工作，所以不能陪你太久。』

老媽充滿歉意的宣告反而讓我鬆了口氣。要是跟老媽在一起的時候一直想著咲良，我會很辛苦的。去看摔角也是一樣，大概會沒辦法融入那種氣氛。

『有工作就沒辦法囉！』

『燒肉就等到下次再吃吧！現在還早，我還有時間跟你吃一頓午餐。』

老媽帶著我走進一家氣氛典雅的西餐廳，我覺得這很像是咲良會想進來吃吃看的店。老媽點了義式三明治，我則點了奶油培根義大利麵。這是我擅長的料理，所以我想偷學一下，而且這道料理的熱量也比較高。

主要都是老媽一個人在說話。每次都是這樣，只不過今天的我比平常更不專心聽她說話就是了。走進店裡、脫掉大衣的時候，我把手機放進牛仔褲的口袋裡。吃飯的時候，咲良擅自設定的來電鈴聲〈女神戰記〉連一次也沒有響起。

『我差點忘了。』

喝完餐後咖啡之後，老媽從皮包裡拿出一個紅包袋，上面寫著『恭賀金榜題名』。

『上次見面的時候，因為隔天要考試的咲良也在，我沒辦法交給你。』

老媽用雙手遞給我，所以我也用雙手必恭必敬地低頭接下。

『謝謝。』

『衣服或是其他什麼的，等到我們下次見面的時候我再買給你。』

『老爸叫我買一雙鞋子。』

老媽瞇起了圓滾滾的眼睛。

『你的腳又長大了啊？』

『好像是。』

『好像也長高了嘛！你現在多高？』

『之前是一百七十六公分，不過現在應該更高了。』

『體重呢？』

『沒量。』

『有沒有多長點肉啊？』

『誰知道？畢竟入秋之後就沒什麼手球練習了。』

老媽越過餐桌抓住我的兩隻手腕。這種酥酥麻麻的感觸幾乎要傳到我的心臟，不過我還是忍住了。她放開手前還不忘用力掐了我一下。

『你已經是高中生了耶！真快。』

我靜靜地把手抽出來。

『這個你跟別人去看吧！』

老媽把兩張摔角門票拿給我。

『呃，我朋友沒有摔角迷。』

瞬間，我的腦海中浮現了朝風同學的臉。如果我現在沒在為咲良的事煩惱的話，說不定會想邀他一起去看。

『你可以跟老爸去看，也可以直接把票丟掉。』

最後，我同時收下了門票和紅包。

在新宿車站和老媽分別以後，我立刻打了手機。當然，對象是咲良。

沒人接。

會不會真的出事了？

比方說，長野縣全區都因為暴風雪而『沒有訊號』——今天的晨間新聞並沒有播報這種消息。又比方說，她的手機掉到茅坑裡，想撿也沒辦法。不對，咲良說她家的廁所是『沖水馬桶』，那也許跟水一起沖掉了。

嗯，可能性五花八門，不過世界上是不可能發生這種意外的。咲良因為某些狀況而不想接電話，或者是沒辦法接。我想不出是什麼樣的狀況，內心的焦慮漸漸轉為不安。

在回家的路上，我又打了好幾通電話給她，但是她還是沒接。

我在大廈前面打了最後一通電話。其實根本不用站在寒風中做這種事，等我走近家門之後還可以再打好幾次，但我就是忍不住這麼做。
咲良沒有接聽。
既然這樣的話，我決定傳簡訊給她。上次我傳給她的是加油的簡訊，所以語帶保留，但這次不需要了。
『櫻花綻放。』
這樣就能讓我暫時得到滿足了，於是我走進了大廈。
老爸不知道在不在家。如果他在的話，我還是跟他談談好了。剛才我是因為有所顧慮、又害怕被取笑，才沒告訴老媽咲良沒接電話的。
我轉動鑰匙，打開了玄關的門。
低下頭，空虛的視線似乎捕捉到某個異物，將訊息傳遞到大腦，正準備脫下大鞋子的我停下了動作。
我看見一雙陌生的鞋子。雖然不是高跟鞋，不過還是有點高度。
有女人來家裡。
可能是咲良也說不定。
我突然這麼想。就算咲良穿有跟的鞋子，也沒什麼好不

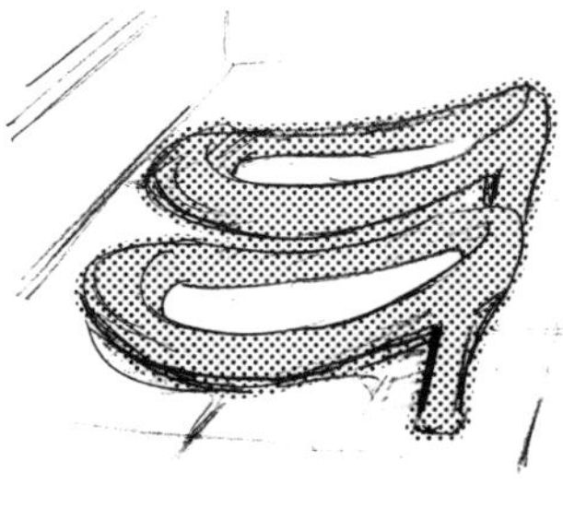

可思議的。
我快步跑過走廊。
衝進客廳之後，我說不出話了。
一個女人坐在沙發上。一個不是咲良的女人，打扮得很陌生，但是錯不了，我認識這個女人。
從導演椅上起身打算迎接我的老爸似乎不知道該露出什麼表情才是。
最後，老爸將雙手插進褲子口袋，露出一副惡作劇被父母親發現的少年的表情。這個人明明是我的父親，明明早就是個中年人了。
『原來是隼啊！回來得真早。』
『……』
我沒有回答，沒辦法回答。
這個家裡一直不曾有女人來過。雖然不是家規，不過老爸就是沒這麼做過。這個不成文的規矩在不知不覺間被打破了。最先打破規矩的人是我，我讓咲良進來了，所以即使下一個打破規矩的人是老爸，我也沒臉抱怨。我知道。可是哪有這麼突然的啊？
『喲，你回來啦！我趁你不在的時候跑來了。』
坐在沙發上的瀨戶老師毫不愧疚地輕輕舉起手。

只不過，她的臉上化了淡妝，上半身穿著襯衫、外面套了件羊毛衫，下半身則是裙子。我對瀨戶老師的印象就是深紅色的成套運動服。她不是漫畫人物，所以當然也會穿其他的衣服，只是在我的印象中，這還是第一次看到她穿裙子。而且裙子還很短，連膝蓋都看得到。

『歡迎。』

我用沙啞的聲音打招呼。

『來這裡坐吧！』

瀨戶老師挪了一下身體，拍了拍沙發上的空位。

幹嘛要我坐下？要像三方面談一樣，討論我升上高中之後的學習、生活態度嗎？還是老爸和瀨戶老師會明白地說：『其實我們兩個人……』

這兩樣我都受不了。

『我去換個衣服。』

老爸叫住了我。

『咲良的考試結果呢？』

對了。我讓老爸看了印有高中校名的文件袋。老爸點點頭。我本來猶豫著要不要交給他，不過還是打消了這個念頭，總覺得不太想給他。

我離開客廳，把自己關在房間裡。

太狡猾了，老爸太狡猾了。

一個人獨處之後，剛才在客廳看到瀨戶老師的驚訝和困惑漸漸轉淡，取而代之的是對老爸的憤怒一湧而上。瞞著我跟瀨戶老師約會、算準我不在的時候把瀨戶老師帶到家裡來。我要是沒有回來的話，他們兩個人想幹什麼呢？我完全不願意去想像。啊！氣死我了。就是氣，氣得不得了。氣氣氣氣死我了！我就說我很火嘛！

就算在房裡待上一段時間，我還是不可能冷靜下來。我現在一點也不想看到老爸或是瀨戶老師。在他們兩個人離開之前，我只想永遠躲在這個房間裡。

笑聲在客廳裡響起。

喂！現在不是笑的時候吧！

就算待在自己的房間裡，他們兩個人的氣息還是會傳進來。這裡明明就是我的家，卻沒有讓我存在的空間。

既然這樣的話……

我的腦中浮現咲良的臉。

只能離家出走了。

我要隨便套上鞋子，高調又粗魯地打開玄關的門衝出去。

緊咬著嘴唇的我毅然決然地走出房間。

走上走廊之後，有一個轉角通往客廳。雖然很沒出息，不過我並不是咲良，這是窩囊廢專有的禮貌反抗。

『你怎麼沒換衣服？』

老爸看見我還是穿著大衣，皺起了眉頭。文件袋也在我的手上。

『我忽然想到有事要出門。』

『去哪裡？』

『嗯。』

我含糊地回答，因為我還沒有決定要去哪裡。

『隼，你該不會是誤會或在意我們吧？』

瀨戶老師準備從沙發上站起來。我像是要制止她似的說：

『都不是。請妳自便。』

我轉向走廊，突然想起一件事情，於是又回過頭。

『啊！對了。這個……』

我遞出了老媽硬塞給我的兩張摔角門票。

『方便的話，你們兩位就一起去看吧！其實本來是我要跟老媽去看的。』

我面無表情地將門票交給老爸，然後真的離開了客廳。被他們叫住會讓我很困擾，所以我踩著鞋子後跟，迅速打開玄關的門走出去，然後靜靜地關上門，而不是將門摔上。

我成了蹺家少年。

好了，我要去哪裡呢？

13. 北上，蹺家少年

總而言之，我先朝著車站走去。

好冷。我不覺得氣溫會在自己待在家裡的那一小段時間驟降，風勢也沒有變強，可是我卻覺得冷到骨子裡去了。

現在的我無家可歸。

光是這麼一想，熟悉的街道看起來就像是某個不知名的地方，感覺好陌生。我穿過商店街，還沒有到買東西的時間，所以街上顯得很安靜，在打八折的肉店裡，也沒有看到那個認識的叔叔。我望著櫥窗裡的可樂餅，肚子發出了像鴿子叫一樣的咕嚕聲。那盤奶油培根義大利麵感覺就像是昨天吃的。

我回想大衣口袋裡的錢包還剩多少錢。我帶的錢比平常多，但也就只有兩千圓左右。

我買得起可樂餅，也買得起絞肉，要買豬肩肉也沒問題，還可以加上一點馬鈴薯沙拉。可是以離家出走的資金來說，我的錢太少了。

等一下……

我把手伸進大衣前胸的內袋。我不是有老媽給我的錢嗎？

來到車站附近之後，我走進超級市場，然後直直朝著廁所前進。我在廁所裡拿出了紅包袋。

裡面有十萬圓。

對於一個國中三年級的學生來說，這可是一筆罕見的鉅款。我的手在發抖。這足以當作離家出走的資金了。只要有這些錢，我想去哪裡就去哪裡，連北海道、沖繩都去得成。

肚子不餓了，身上也不覺得冷了。真不愧是現金。

這個時候，我的手機響了。

不是咲良的來電鈴聲〈女神戰記〉，也不是老爸的來電鈴聲〈奇異恩典〉。

而是通知訊息的鈴聲。

是咲良傳來的——不知為何，我就是這麼確信。

打開簡訊信箱之後，我發現傳簡訊來的人果然是咲良。咲良看見我傳給她的『櫻花綻放』，而且回了簡訊給我。

只不過，簡訊的內容出乎我的預料。

『櫻花不開。』

我直盯著手機的液晶螢幕看。

不開……

什麼意思？該不會是好不容易考上了高中，結果卻不能讀吧？可是，為什麼？

我離開廁所，為了平靜心情而小便。氣勢驚人的小便結束以後，我的背抖了一下。我認真地洗手，然後走出廁所，也離開了超市。

走進遠離大馬路的小巷子之後，我找了一個收訊很好的地方打手機給咲良。

鈴聲響起。

嘟嚕嚕嚕，一次；嘟嚕嚕嚕，兩次；嘟嚕嚕嚕，三次……

為什麼她沒有立刻接電話？

我等得很不耐煩。明明才剛上完廁所，我卻像是在憋尿一樣不停抖腳。

嘟嚕嚕嚕，七次；嘟嚕嚕嚕……

響了第八聲之後，電話掛上了。

是咲良切掉的。看來她似乎不想跟我說話。不僅如此，這麼一來，我連留言都沒辦法。她難道連我的聲音都不想聽嗎？

咲良高傲、善變，總是捉弄人尋開心，我曾經碰過好幾次慘事。但是，我不覺得她這次是在捉弄我。
我的腦筋不太靈光，再怎麼想也無法理解原因。如果她不接電話，我只能再傳一次簡訊。
要傳什麼給她呢？
我靠在面對巷子的住家圍牆上，因為想不到簡訊內容而抬頭望著天空，看見樹枝從圍牆內側伸展出來。我不知道這是什麼樹，不過大概不是櫻樹。總之，樹枝乾枯得很嚴重，別說花了，上面連一片葉子也沒有，感覺非常寂寥。
『怎麼能不開？』
我這麼打。本來還猶豫著要不要加個『❤』，最後還是作罷。現在可不是加入表情符號的時候。
傳送。
我緊握著手機，往車站走出。站在剪票口附近的柱子前面時，我露出了等人的表情等待著咲良的回訊。
如果是簡訊的話，她一定會回覆的。
這個社會上有很多因為閒著沒事而到處傳簡訊的人，我偶爾也會收到那種簡訊，不過我不會那麼做。閒著沒事的話，我就會睡覺。但我還是會傳簡訊——當事情透過電話

傳達很尷尬的時候，當然就更不可能當面告訴對方了。比方說，咲良在夏天出現，我請假沒去社團，陪著她參觀學校的時候，我就是傳簡訊告訴社長朝風同學的。

咲良不想聽到我的聲音，會不會是因為她在哭呢？我突然這麼想。

很快的，咲良回傳了。

『沉沒女神湖。』

文字飛進視野時，我全身起了一陣寒顫。

是女神湖。

為什麼我會知道？因為在秋季高中說明會結束，我們一起划船的時候，咲良曾經說過這個湖的名字。後來我還買了茅野市周邊的觀光地圖調查了一番。

女神湖位在一個叫做『蓼科』的度假勝地的深處，是個人造湖。和諏訪盆地中央低地的諏訪湖當然不能比，和同樣位於蓼科高原的白樺湖比起來也小很多。為什麼會叫做女神湖？因為附近的蓼科山被人們比喻為女神。蓼科山一定是座柔和的山脈吧！聽說湖畔還有女神像。周圍的女神公路不知是因此得名，還是因為那個有名的土偶『繩文女神』出土的繩文遺址就在那一帶的關係。

我對於咲良住的地方，可是比自己住的東京還要清楚。雖然我沒有去過。如果一個人去的話，我一定會迷路的。

總之，這個名字取得很隨便，卻又帶點浪漫的氣息。我這才發現，雖然咲良經常那麼粗暴，但內心還是充滿少女情懷。我是想在這一點上逗逗她，不過還是晚點兒再說吧！

關於簡訊中的『沉沒』這兩個字，我只能解讀為沉到水底的意思。

『沉沒女神湖。』

換句話說，就是投湖自盡。

怎麼可能！那個咲良會投湖自盡？不可能不可能。

我的理性這麼告訴我。我似乎看見我的理性一面打呵欠，一面搖搖手表示不可能，露出一副無所謂的樣子。

可是，對於我這個除了雙親離婚之外，生活一帆風順的人來說，這句話對我軟弱又窩囊的神經實在太刺激了。

不會吧——我心裡雖然這麼想，不過卻無法否定那個可能性。咲良正是多愁善感的少女年紀，而且高中聯考對她來說意義非凡，根本不是我能想像的。考上了第一志願卻『櫻花不開』，就算試圖尋短也沒什麼好奇怪的。

這個問題對我來說太嚴重了，得找老爸商量才行。

不，不行。老爸雖然還沒注意到，不過我已經離家出走了。

那就找老媽。不，這也不行。老媽還在上班，而且要是把事情鬧到無法挽回的地步

就完了。

瀨戶老師就別提了。

只能靠我自己想辦法。

我下定決心。說不定在我離家出走的時候，內心深處就已經打算這麼做了。幸好我的資金豐厚，也帶著咲良的合格證書和辦理入學手續的文件。

接下來，我只要能好好承受咲良的情緒就行了。嗯，雖然那比登天還難，不過船到橋頭自然直，我想應該會有辦法的。沒辦法的時候也就沒轍了。沒什麼好猶豫的，現在的我已經不是以前的我了。再怎麼說，我也是蹺家少年嘛！

我再次傳了簡訊給咲良。

『我馬上過去。』

然後我買了車票，搭上電車朝著新宿前進。

我先在新宿出站，跑去百貨公司的地下樓，在那裡買了兩個金色蒙布朗，當作是慶祝咲良金榜題名的小禮物。接著我馬上返回車站，在綠色窗口買了下一班AZUSA的車票。原來只要動手去做，我也做得到嘛！很幸運的，這班車是採用傾斜式列車的SUPER AZUSA，在彎道很多的中央線也能飛快行駛。我不是鐵道迷，連坐車到終點站都覺得討厭，可是卻在不知不覺間記住了這些事。

咲良……那傢伙到底怎麼了？

我抵達月台的時候，兩點整的SUPER AZUSA已經進站了。我搭上列車，在車票上印的對號座位上坐下。車廂裡空盪盪的。

到茅野要兩個小時。再搭公車晃個一小時，我抵達女神湖的時候應該已經五點了。那一帶搞不好全暗下來了。

不安的陰影忽然襲來。

咲良會在那裡嗎？如果在的話，我找得到嗎？

我拭去了窗戶上的霧氣。

她會在，而且我也找得到她。她不會在我抵達之前沉進女神湖，也不會不等我到就回家。

有那麼一剎那，我透過窗戶看見月台的情景，不過窗戶玻璃又再度因為車內的暖氣而霧掉了。

有回程的公車嗎？要住哪裡才好？

我用力甩甩頭，這還不夠，我又拍拍自己的臉，這是模仿摔角選手在比賽之前集氣的動作。如果可以的話，我真想用力拍打全身，補充一下腎上腺素。

老爸和瀨戶老師會去看摔角嗎？我是出於嘲諷的心情把票交給老爸的，不過說不定

老爸和瀨戶老師根本就不在意。

還是他們覺得我不在最好……

一想到這些事情，我的腎上腺素還真的被激出來了。我莫名地憎恨老爸。要是其他社員知道老爸和瀨戶老師在交往，我拿什麼臉見他們？老是對瀨戶老師的D罩杯投注熱烈視線的出雲當然不用說，我也不希望朝風同學知道這件事。真是的，那個白癡混帳老爸到底在搞什麼啊！

不知不覺間，AZUSA離開了月台。

已經無法回頭了。真正的離家出走開始了，這同時也是為了和咲良見面的旅途。還滿戲劇化的。

我突然覺得做出不適合自己的事情好難為情，不由得臉紅了起來。我順便脫下大衣，思索著現在搭乘的這班AZUSA上有沒有黏著雪花。

今年冬天，東京的雪量並沒有多到積雪的程度。

我看著手機。後來，咲良沒有再打電話或是傳簡訊給我。沒關係，我也不會再做什麼了。我一心只想去見咲良而已。

AZUSA俯瞰著街道行駛著。

氣溫明明還沒有下降，我卻打了個噴嚏。

14. 預定計畫變更

窗外流逝的風景變成了綠色之後，我的手機也收不到訊號了。和咲良聯繫的線斷了，和老爸聯繫的線也斷了。

SUPER AZUSA的座位上零零星星地坐著一些乘客，可是我卻覺得異常孤單。

孤零零的一個人。

在內心這麼喃喃自語之後，我突然覺得有些心酸。說我不後悔離家出走是騙人的。說我不覺得不安，更是漫天大謊。

綠意之中終於開始混雜著白色了。是雪。

我又用手掌揩了揩起霧的窗戶。

背陽的山麓上覆蓋著白雪。

朝著北方前進……

我心想。我知道這種比喻方式非常像演歌歌詞。我雖然沒有好好聽過演歌，不過在老爸工作順利的時候，對電腦隨口哼唱——其實應該說是隨便將歌詞和旋律兜在一起的

那一百零一首歌裡，經常出現『歸去北方』、『北方的海』、『北方的盡頭』之類的歌詞。不管怎麼說，我也算是一個日本人，在這種時候一定要來個『北方』。就算我搭乘的列車行駛的是中央線而不是東北線，心情還是一樣的。

事實上，朝著西邊行駛的中央線沿著山脈轉向北邊。從地圖上看來，長野縣也在東京的西北邊。那裡也確實是個寒冷的地方。

今年冬天，東京只下了小雪。聽說在老爸小時候，積雪的程度是可以在都心的斜坡滑雪。就算老爸這麼告訴我，我也很難想像。記憶中，我連雪人也沒堆過。在我和咲良的世代，只能在氣候異常、人口減少和景氣下滑之中打轉。為了堅強地生存下去，要趕在食物更加不足之前多吃一點肉才行——這是老媽的話。

真是不安。

所以我才會回想起老爸和老媽的事。明明都已經離家出走了，明明氣老爸氣得要命。

我決定睡個覺。眺望著逐漸蕭瑟的景色，只會讓我更加不安。隨著窗外積雪的增加，我的心裡也逐漸變得既空白又寒冷。

我閉上眼睛。電車搖晃的聲音，車輪經過鐵軌接點的喀噠聲。車內很溫暖。車子就這樣載著我前進。

我開始打瞌睡，頭忽然往下垂讓我驚醒了好幾次。車窗外的景色也跟著我每一次的驚醒慢慢變白。東京不斷在我的身後越飛越遠。

我無法熟睡。

去年夏天，咲良是抱著什麼樣的心情搭乘和我相反方向的列車呢？一定比現在的我還要不安吧！對我來說，有咲良在等著我（應該）。雖說是『應該』，這至少還算得上一種依靠。而且，我也可以在今天之內返回東京。

咲良不一樣。她騙家裡說要去拜訪朋友，也沒打算住在橫濱的那須先生的大廈（也是老媽的家）。除了我這個『遠房親戚』之外，她沒有別的依靠——而且並沒有事先講好。她只和我見了一次面不說，還在那個時候對我單方面亂罵一通、拳打腳踢之後就離去了。其實當時她也許見不到我，就算見了，也可能被我拒絕。實際上，很不爽咲良的態度的我，曾經一度丟下她消失，那時她失落的表情實在是……

就算無人依靠，咲良還是得離家出走到東京來，因為她就是這麼想唸東京的高中。而在順利考上之後，她卻不接我的電話。好不容易傳來的簡訊中竟然還打著沉沒湖裡。

從新宿車站出發兩個小時之後，SUPER AZUSA依照預定時刻，在下午四點抵達了茅野車站。

我一走上月台，就不由自主地縮起脖子。車站四周的雪沒有我想像中多，可是相反

的，吹來的風卻冷得不得了。從AZUSA下車的乘客們全都弓起了身子。

夕陽即將西下的時刻，澄淨的空氣彼端，可以看到頂著積雪的八岳山山峰。雖然很美，不過卻是讓人更覺得嚴寒的景色。

鐵路旁邊有味噌的招牌。我想起以前當我詢問咲良當地的特產是什麼的時候，咲良一臉不爽地回答：『味噌。』這裡確實是咲良居住的地方。

穿過剪票口後，有一個小小的候車室，我在那裡看了一下手機。咲良傳簡訊來了。

『不去女神湖，改沉沒在蓼科湖。』

不去女神湖，改沉沒在蓼科湖。

那是在秋天的小船上，和女神湖一起從咲良口中說出來的湖。根據觀光地圖，那個地方應該比女神湖更接近市區。

『什麼？怎麼回事啊？』

我不假思索地低聲說。看來咲良善變的個性出現了，換句話說，她已經恢復了一定程度的精神。這麼一來，就不需要擔心她投湖自盡了。不過即使如此，我還是不能回東京。好不容易來到茅野了，我想親手將合格證書和入學手續文件交給咲良。而且我可是個離家出走的人，回到東京的話，我就無家可歸了。

等到乘客們離去之後，我鼓起勇氣對關閉剪票口、回到站務室的站務人員問：

『我想去蓼科湖。要怎麼去呢？』

這並不是什麼需要勇氣的問題，我也不是擔心東京腔在本地不適用。只是對我來說，在一個陌生的地方對陌生人說話是需要相當大的勇氣的，畢竟我連跟班上的女同學說話都不太敢。

站務人員告訴我公車站和計程車站的位置。這兩個地方都離車站很近。

我有錢，但是沒有一個人坐過計程車。話說回來，我也不太常一個人搭公車。

如果可以的話，我還是想搭公車——就在我一邊這麼想，一邊走出車站的時候，不知道是不是因為我微弱的念力相助的關係，站務人員告訴我的公車就停在那裡。我忍著一鼻子公車廢氣的柴油味，繞到了公車旁邊。確認了目的地之後，我走上公車，再次鼓起勇氣詢問司機：『請問這班車到蓼科湖以後，還有回程公車嗎？』

『有啊，可是沒有喔！』

『啊？到底有沒有？』

『有回程公車，但是那裡什麼都沒有喔！』

原來是這個意思。

司機瞥了我一眼，沒有多說什麼。看來他似乎沒有懷疑我是什麼可疑分子（比方說離家出走的人，或是要去殉情的人）。

我在中間的位置坐下。乘客很少，除了我之外，其他乘客看起來都是當地人，沒有那種一看就知道是觀光客的人。現在是觀光淡季，來滑雪的人應該也不會搭公車吧！

公車很快就發車了。

這次我就沒心情閉目養神了。我的胸口難過到讓我想要將所有的過錯都推到剛才吸入的廢氣上。感覺我好像從太陽系的角落，搭上了通往宇宙盡頭的公車。

公車穿過市區，爬上山路。

忽然，四周佈滿了雪，天空也在同時染成了紅色，夜晚蟄伏在東方的山腳下。在夕陽的照射下，白雪全變成了橘紅色。

車內很安靜。我心想，至少放個音樂嘛！雖然希望盡早抵達蓼科湖，但卻又有點想一直待在公車上，我的心和公車一樣搖擺著。

公車經過了幾個彎道。有好幾個彎道很險峻，所以公車在經過的時候都會放慢速度，引擎也發出低鳴。坡道的角度越來越大。引擎又叫了，然後是微微的震動，這反而讓寧靜更加明顯。不只是公車裡面，外面的世界也靜得不得了。

接著，公車停了。

『蓼科湖到了。』

司機透過麥克風傳出來的聲音在車內回響。

我嚇得站了起來。其他零零星星的幾位乘客似乎不太在意我。

『謝謝。』

『請記好回程公車的時間。』

這次司機不是透過麥克風，而是直接公式化地告知我。

『是，我會注意的。』

『太陽下山之後會越來越冷喔！』

我走下樓梯，司機又這麼對我說。他的口氣不像剛才那麼制式了。

他大概記住我了。有了這種感覺之後，我稍微放心了。要是遇難的話，這個人還可以證實我最後的行蹤。明明不是冬季登山，我卻陷入了這種誇張的悲壯情緒。

下車的乘客當然只有我一個人。

公車排出黑色廢氣之後，引擎發出了很痛苦的聲音，接著公車便迅速地離我而去。

好寂寞。

我覺得自己就像滴落在白色畫布上的唯一一點黑色，那種用手指一抹就會消失的淡淡斑點，或者是只要畫布失去了光亮而暗下來，就會融入黑暗之中的斑點。一想到自己好像變成了這種東西似的，就讓我覺得非常孤單。

蓼科湖就像是被冰雪封閉的宇宙盡頭一樣。

15. 死在湖畔？

好冷，應該說是超級冷。

我佇立在公車站，寒意從腳底竄了上來。

公車站前面的停車場很安靜。幾個並排的店家全都拉下了鐵門。夏天的時候，這裡可能很熱鬧，現在這一帶則是毫無人煙。

一切的一切都靜得不得了。

我緩緩地朝著蓼科湖畔走去，腳步聲全被靜謐吸收了。

我在微暗中睜大眼睛。咲良就躲在這個冰凍世界的某個地方屏氣等待著我。我帶來的合格證書、入學手續文件，還有我的存在，對她來說一定都是必要的。不過就算凍死，咲良也不會承認她需要我。

我踩著當地人看到一定會出聲嘲笑的笨拙腳步，一邊小心不要滑倒，一邊朝著蓼科湖前進。

和女神湖一樣，蓼科湖也是人造湖，而且不是什麼大湖，就算繞湖一圈也花不了多少時間。可是按照我的這種走路方式，只能發揮出老人散步的速度。如果咲良在對岸的話，我得花上一些時間才能到達。

來到湖畔之後，我停下腳步。

雖然很冷，不過我的體內卻是熱的。有可能是身體開始燃燒脂肪，抵禦了寒冷，也有可能是更不一樣的理由。

這個時候我想到了。

根本不需要摸黑走路。我不只有腳，還有聲帶。

從來沒有一個人旅行過的離家出走少年擠出沒什麼用的膽量，為了尋找試圖自殺（大概是假的）的少女而來到被冰雪封閉的湖泊。

青春一下又有何不可？

我在雪地裡站穩腳步。

我將雙手抵在嘴邊，做出了大聲公的形狀。

利用腹部底端、老爸告訴我是丹田的地方用力吸了一口氣。

我大喊：

『咲良——！』

青春的的狂吼只留下了少許的回響，就被寧靜吸進去，消失得無影無蹤。

留下來的，只有比剛才更沉重的靜謐包圍著四周。

寂寞的感覺湧了上來。

咲良該不會沒等我，就直接葬身湖底了吧？這想法雖愚蠢，卻真實地掠過我的腦海。

我好想快步奔跑。狂吼之後還留在體內的殘熱驅動了我。

就在我將重心移到腳尖，打算開始跑步的時候，一聲狂吼回應了我。

『窩囊廢——！』

這個有點悶悶乾乾的回音，在我耳裡卻像美麗的女高音，優雅地滑過冰凍的湖面。是咲良。她還活著。

硬是停下了起跑動作的我因為重心不穩而摔在雪地裡，裝了金色蒙布朗的盒子飛了出去。不過我還是在千鈞一髮之際，用雙手將文件袋緊緊壓在胸口以防弄濕——所以才會沒手撐住身體。

啪！

糗斃了。青春根本就不適合我，我早就知道了。

踩著雪的規律腳步聲傳來，不是在很遠的地方。

腳步聲直接朝著倒在地上的我接近。

咲良來了，不過我現在還沒辦法看到她臉上的表情。
她就直接倒在我的身上，緊緊抱住我……我當然不可能會期待這種發展。
可是……也沒必要踢我吧？
我還倒在地上，咲良就朝我的腰際踢了一腳，然後是屁股、大腿。由於她穿得很厚，動作並不是很俐落，不過還是毫不留情地踢著我。
過分，太過分了。
有必要在這種情況下踹我嗎？對於咲良的這個舉動，到現在為止我已經思考過無數次。
「別踢了，我說別踢了嘛！」
「吵死了，都是你啦！害我冷得要死。」
「什麼？」
我聽錯了嗎？完全搞不懂她在說什麼。總之，我被她踢了好幾下。
「我冷得不得了，都覺得自己快要凍死了。」
「別踢了，我會死掉的。」
「這樣子怎麼可能會死？店都關了，我沒辦法，只好蹲在小屋旁邊。」
「我知道了，快住手。」

ド
ド

咲良好不容易停下腳。她彎下腰，氣喘吁吁的。

『啊！終於暖和起來了。』

我一邊偷瞄著她會不會再踢過來，一邊慢慢站起來，拍掉身上的雪。全身上下都好痛。文件袋雖然有點摺痕，不過平安無事。我真是偉大。

『我可是大老遠跑來的耶！再怎麼樣妳也不必踢我吧！』

我小心翼翼地抗議。咲良銳利的視線射了過來。

『你太慢了。而且你太認真了，害我等你等到差點凍死。不過現在倒是汗流浹背。』

『妳該不會是為了讓身體變熱才踢我的吧？』

『原因有很多，不過也可以說是完全沒有。』

『沉沒的地點從女神湖變成蓼科湖也沒有原因嗎？不過不管是哪裡，妳都沒有沉下去。而且湖上好像結了一層很厚的冰。』

『所以那只是我順勢打的。既然你當真了，我就非得有點行動，可是冬天去公車班次很少的女神湖實在太辛苦了。』

『我還擔心妳會有什麼萬一咧！』

『所以我就說是配合你的妄想，我才跑到這個蓼科湖來的啊！』

『那還真是多謝了。』

『如果你再說這種挖苦話，我就把你灌水泥丟進湖底去喔！』

我放棄繼續追究了。

人不會互相理解的。可是，人卻會吸引人。啊！這也是老爸語錄的其中之一。振作點啊，蹺家少年。

總之，要先把重要的東西交給咲良才行。我重新整理心情，將印著高中校名的文件袋遞給咲良。

『恭喜妳考上。』

咲良的臉上浮現了複雜的陰霾；在喜悅之後，好像還湧出了某種痛苦。我回想起在咲良考試前一天吃的天婦羅的美味，還有後來睡前打的那個嗝。我知道這不是一個很好的比喻。

『謝謝。』

她慢慢伸出手抓住了文件袋。雖然有點不知所措，但她還是老實地道了謝。

我總覺得她有點可憐。剛才她踢我的那筆帳雖然不能因此抵銷，但我還是覺得大老遠跑到這裡來是有意義的。不過，我會這麼想，也實在是有點怪。

『妳不看看裡面的東西嗎？』

『要。』

咲良拿出了文件袋裡的東西。入學手續的文件和合格證書都放在裡面。咲良靜靜地看著那些東西。這應該是咲良努力準備考試得到回報的瞬間，可是她自身卻出了一些狀況。

我不是那種想得出體貼話的人。

『回去吧！現在還有公車。』

咲良果斷地回答：

『我不回去。』

那不是耍賴的口吻，她已經下定決心了。

『可是一直待在這裡的話，真的會凍死欸！』

『我又不打算跟你殉情。』

『那就只好回家啦！』

把文件收回袋子裡之後，咲良一個人朝著和公車站相反方向的雪地走去。我撿起蛋糕盒後，膽怯地追了上去。

『妳要去哪裡？』

『你只要閉上嘴巴跟我走就好了。』

那怎麼行？要是走在通往市區的斜坡上還情有可原，咲良的家根本就不可能在這片冰封的雪原上。在前頭等著我們的就只有酷寒的雪山而已。我一邊小心不要跌倒，一邊快步追上咲良，抓住她的手。

『等一下。』

『幹嘛啊？』

她厭煩地停下腳步。

『我不知道發生了什麼事，不過還是趕快回家，讓妳的家人們看看合格通知書比較好。』

『我沒打算這麼做。如果不想跟我在一起的話，你可以一個人坐公車回去。』

『怎麼可能啊！』

包裹住周圍的黑暗越來越濃，氣溫一定也下降了。

我知道咲良不會自殺。

可是我卻不清楚她想做什麼。我不能放開她的手。

咲良別過頭，不滿地說：

『再往上走五分鐘就有一家飯店，我在那裡訂了房間，所以不用擔心會凍死。我訂了雙人房，不過你要回去也可以。如果現在就回去的話，還可以在今天之內回到東京。』

她用力甩開我的手。咲良的行動力——或者該說是處理事情的方法，總讓我驚訝。不過知道今晚有個可以睡覺的地方，我的確鬆了一口氣。另外，我可能也因為她打算跟我同住一間房而感到高興吧！

『我不回東京。我要跟咲良在一起。』

咲良面向著旁邊點點頭。

『考完試回到茅野之後，我媽就毀約了，叫我一定要去唸縣立高中。我好生氣，但是還是一直忍耐，畢竟我不能踢我媽媽。』

『所以妳就踢我。這就是很多理由的其中之一嗎？』

『或許吧！』

『沒關係，我靠打手球鍛鍊過了。』

咲良轉向我。

『我離家出走了。包括夏天去你家的那一次在內，這已經是我第二次了。』

我露出微笑。

『其實我也是。這是我第一次離家出走。』

咦？咲良睜大了眼睛，看起來好像很高興。

『你離家出走？怎麼會？不是為了配合我才撒謊的吧？』

『是真的。我自己也覺得很不真實就是了。』
咲良用雙手捧著我的臉頰。
『真的嗎？』
『我向女神發誓。』
『這裡是蓼科湖。』
她不停地捏著我的臉。
『那要跟誰發誓？反正是真的啦！』
『哈哈哈！雖然聽起來很假，不過我還是相信你吧！』
她順勢蹂躪了我的臉頰。無法好好開口說話的我發出含糊的聲音抗議說：
『很痛啦！』
『很痛？那我就親你一下。』
我的兩頰被咲良的手壓住了。我的臉被拉過去，她就這麼親了我。
那是一個非常寒冷的吻。
咲良很寂寞，我也很寂寞。
離家出走少女和離家出走少年用長長的吻相互取暖。然後，為了隱藏害羞，我拿出了蛋糕盒，用裝模作樣的聲音說：

『對了，咲良弄丟的是金色蒙布朗，還是銀色蒙布朗呢？』

『我就說這裡不是女神湖嘛！』

『不回答就是代表妳不想要囉！』

『我要。是金色蒙布朗。』

咲良露出了奇妙的表情，接著噗哧一笑。

『答對了，我決定也給咲良一個。』

我們眺望著結凍的湖面，吃掉了金色蒙布朗。

『這就像我現在的心情。』

在我跌倒的時候，蛋糕盒掉了出去，所以兩個金色蒙布朗都發生了大規模的雪崩。

明明是難得的上榜賀禮說。

咲良張大嘴巴，把臉頰塞得鼓鼓的，我也學她。金色蒙布朗嚐起來甜蜜而悲涼，有種成熟的味道。

16. 夜深人靜

在櫃台登記旅客資料的時候，咲良留了我家住址，並登記了我的姓氏『黑木』。我的資料是咲良幫我寫的，這一份她就寫得很誠實了。換句話說，在這份資料上，我和她的關係是家人（但我想她的意思應該是姊弟，而不是兄妹）。對外人來說，這也不是完全不可能，只不過我們兩個既毫無血緣關係，長得也完全不像。

飯店人員沒有露出懷疑的表情，笑咪咪地應對，不過內心一定覺得很可疑。

在我呆呆地看著放在櫃台的手冊時，咲良像是在罵人一樣對我招招手。

『走了啦！隼。』

我們並沒有帶類似行李的東西。雖然咲良表現得很幹練，我的身高又很高，但我們的外表看起來絕對是高中生。只是高中生情侶會跑來這種飯店住宿嗎？

到了房間，兩人獨處的時候，咲良便命令我打電話回家。

『飯店人員可能會覺得很可疑而打電話確認，所以你要搶在他們聯絡之前打電話報備。』

『要怎麼說？』

咲良在並排的兩張床之中比較靠近窗戶的那一張坐下，稍微思考了一下。

『直接說吧！說你離家出走跟我在一起，叫你爸爸不用擔心。』

『那不太好吧！』

我猶豫不決，不過咲良還是把話筒遞給我。

『我覺得隼的爸爸應該可以笑著體諒我們的。』

『……可能吧！』

我心不甘情不願地打電話回家。雖然已經離家出走了，我還是打算透過某些方法和家人聯絡。我沒膽量藏匿行蹤。可是沒有人接電話，所以我又打了老爸的手機。

『喂。』

我聽見老爸有些慌亂的聲音。

『喂？』

我感覺自己的聲音比平時還要飄渺無力。

『是隼嗎？怎麼了？』

老爸的周圍很吵。

『你該不會在看摔角吧？』

『對，不過比賽還沒開始。』

『跟瀨戶老師一起看嗎？』

『嗯，是啊！她在旁邊很認真地讀著手冊，在考慮要幫誰加油喔！』

我將話筒拿離耳邊，輕輕地嘆了一口氣。他們兩個人真的一起去看摔角了。

離家出走是正確的決定——我這麼覺得。

我對著話筒說：

『我離家出走了。』

『嗯？我聽不見，你說什麼？』

『我離家出走了啦！』

『你離家出走？』

『對啦！我離家出走了，現在在很遠的地方，今天晚上不會回去。』

『那可就太厲害了。』

老爸的聲音不是驚訝也不是慌張，而是高興。對我來說，這根本一點也不有趣。真希望他能裝出關心我的樣子。

『你知道這是什麼意思嗎？』

『嗯，意思跟原因我都知道。如果我是你的話，可能也會離家出走。老爸也自己反省了一下。』
我挖苦地回嘴。
『但是你還是去看了摔角啊！』
『做爸爸的也可以過得有文化水準嘛！而且票是你給我的，要是浪費的話多不好意思。』
老爸不僅不屈服，也沒有反省的樣子。虧他還知道門票是老媽買的。
『對了。』
他接下來要說什麼呢？大概是因為氣氛傳達出來的關係，在一旁豎著耳朵偷聽的咲良彎著腰拚命忍笑。
『隼，你說很遠的地方是哪裡？該不會是茅野吧？』
忽然被戳了一下，害我亂了陣腳。老爸的直覺真敏銳。
『……不是。』
『咲良該不會就在你身邊吧？』
這是視訊電話啊！我坦承說：
『對啊！她在。咲良也離家出走了，我們兩個人今天晚上要在飯店過夜。』
『那就更了不起了。』

老爸周圍的喧嚷聲越來越大，看來比賽快要開始了。

『那我掛電話了。』

我掛上了電話。這一瞬間，咲良開始扭著身體，放聲大笑。要笑就笑吧！這是我們家特有的父子情仇。

在咲良的催促之下，我說出了自己離家出走的理由。

『很有你爸的風格耶……不過想不到他也會那樣啊！』

咲良在大笑暫歇的時候，有一瞬間臉上是沒有表情的，可能是在想自己的父親那須先生和媽媽的事吧！

『妳不用告訴家人一聲嗎？』

『我傳簡訊告訴他們我要住在朋友家，而且這已經是我第二次離家出走了，他們不會那麼擔心的。』

『是喔！』

我不覺得咲良的家人不會擔心，只是因為咲良的眼神說明她不想多談，我也就乖乖閉上嘴巴。

飯店人員通知我們晚餐準備好了，於是我們便到餐廳去。除了我們之外，只有幾組客人。淡季的飯店非常安靜，我在用餐的時候還小心不讓餐具發出聲音。煙燻鱒魚非常美味。

現在這個時候，老爸和瀨戶老師應該趁著觀看摔角的餘興，在某家燒肉店裡享用著鹽牛舌和上等牛肋吧！老爸搞不好還會心平氣和地大聊他和老媽的戀情。

我越想越氣，於是咲良注意到我的叉子放進口中的速度變快了。

『你應該要配合女生的吃飯速度吧？』

『對喔！』

我長久以來都和老爸坐在沒有女人的餐桌上，所以從來沒有在意過這一點。吃飯的時候，老爸的叮嚀只是『用力嚼、細細品味』而已，還有另外一點——『要吃得津津有味』。

吃完飯之後，我將身子泡在溫泉大浴池裡。為求謹慎，我還仔細地清洗身體。真是愚蠢的蹺家少年。

這個溫泉是透明的。我沒有看溫泉功效的介紹。就算草津溫泉❹也無法治癒戀愛病——我記得老爸曾經哼過這麼一首歌。我想這也不是能夠治療思春期心痛的溫泉，不過我的身體從裡到外都暖和了起來。血液全集中在腦袋，害我差點貧血。

換上旅館的浴衣之前，我先量了體重。

五十六公斤。

現在還是發育期。

回到房間，我發呆了一會兒。房間裡面雖然有電視，我卻無心觀看。窗外飄著雪花。暖氣時而發出低鳴，調節室內溫度。

夜深人靜。我的腦海中浮出了這個成語。

不久之後，洗完澡的咲良身穿浴衣，頂著一頭濕漉漉的長髮回來了。

『你已經在想家了啊？』

咲良譏笑著發呆的我。

『才沒有。』

『還是在擔心你爸爸和瀨戶老師的事？』

『也不是。』

其實，我已經漸漸覺得無所謂了。老爸有權利過得很有文化水準，他想過各式各樣的生活都可以。就算我是他的兒子，也不能侵犯這些權利。只是事情發生得太突然，我難免有點情緒化。現在剛泡完溫泉，還有些恍神，我才能這麼冷靜地思考。這裡的溫泉或許有鎮定的效果吧！

譯註❹：草津溫泉是日本三大名湯之一，以溫泉中含有超強殺菌力、可以治療許多疾病而著名。不過戀愛這種『病』，是什麼藥都無法治好的呀！

『趁你不在家的時候，你爸爸又把瀨戶老師帶回家……』

咲良只說到一半，觀察我的反應。我並沒有露出生氣或是害怕的表情。

『我想也不可能。不過外人是不會知道的。』

我的回答非常平靜。

『是喔！原來你跟你爸爸透過剛才那通奇怪的電話和好了啊！』

咲良有些自討沒趣地說。

『也不是，我的事情沒什麼大不了的，可以若無其事地回家。咲良的事情重要多了。』

『我也可以若無其事地去啊！』

『去哪裡？』

『去你家。』

咲良的確有可能這麼做。我差點笑了出來，不過後來想想這樣不行，於是又趕緊裝出一副嚴肅的模樣。

『別去我家，我們兩個人一起去妳家吧！』

『去做什麼？』

『去說服妳媽。』

『你要去？』

『沒錯。』

『就憑你這個窩囊廢？』

我回想起剛才出現在體重計上的數字，可是現在不是退縮的時候。

『我可能是個窩囊廢，不過還是帶著重要的合格證書和入學手續文件，一個人來到茅野市邊緣的蓼科湖來了。』

『你想要我稱讚你嗎？』

咲良伸出手想要摸我的頭，我撥開了她的手。

『不要鬧了。我是認真的。』

『你跑出來插一腳的話，事情只會變得更複雜。別管我了。』

『如果不管妳會怎樣？』

『不知道。』

咲良用力甩開頭。既然不用擔心和她視線交會，我也什麼話都敢說了。

『我希望咲良能來唸東京的學校。』

我知道穿著單薄浴衣的咲良肩頭抽動了一下。

『我不會去考縣立高中的。』

『但是這樣下去，妳也沒辦法來東京上學。』

『那我就去當國四重考生。』

咲良耍起性子來。

『這麼不切實際的……』

『囉唆死了！』

枕頭朝著話說到一半的我飛了過來。真不愧是咲良，即使在這種時候，還是精確地命中了我的臉。

『我要睡了。』

這麼宣告完之後，咲良就鑽進棉被裡，像犰狳一樣背對我蜷曲著身體。

『喂！咲良。』

『……』

她當然不可能回應。其他的只能等到明天再說了。

我關上了房間的燈。

『晚安。』

我也在空床上躺下。果然沒有必要仔細清洗身體啊——我一邊這麼想，一邊翻身背對咲良。

在離家出走的疲憊下，第一次一個人旅行的我馬上就睡著了。我的睡眠一定深沉到會讓睡不著的咲良大罵：『別鬧了！』

……到了半夜，我睡眼惺忪地醒了。

我身邊有人。溫暖、柔軟的觸感，是咲良。

『不要丟下我一個人。這樣我會很孤單的。』

對著這句耳畔呢喃，我低聲說：

『對不起。』

然後伸出了手臂給咲良當枕頭。我用上臂支撐著她的頭的重量，而彎著手肘輕輕抱著她的手，碰到了她胸前的隆起。

我的手掌中充滿了溫柔的甜蜜。

是金色蒙布朗，我心想。

不知不覺間，我又陷入了深深的睡眠之中。

17. 超級實物範本

隔天醒過來的時候，咲良已經回到自己的床上去了。

那是夢嗎？

可是，我的手臂上確實殘留著咲良的觸感。我把枕頭當作咲良緊緊抱住，然後掀開了棉被。暖氣還滿強的，所以室內並不冷。

我拉開窗簾，發現窗外是個大晴天，恣意反射太陽光的純白世界散發出光暈。

『好刺眼喔！』

咲良不爽的聲音傳來。我回過頭，看見坐在床上的咲良正在揉眼睛。她身上的浴衣前襟半開，露出了半件胸罩。我才覺得那很刺眼咧！

吃完早餐接著退房之後，我們走上通往蓼科湖的下坡。在咲良付飯店房錢之前，擁有優渥資金的我就先結清了。不管這是不是正確使用上榜賀禮的方式，我還是得好好謝謝老媽才行。咲良堅持自己至少要付一半，不過我並沒有接受。

『因為是我害你陪我來的。』

『沒那回事。我本來就得找一個投宿的地方，而且對咲良來說，今後搞不好還要用到錢。』

大概是深刻地想到了之後的事吧！咲良緊緊捏住了錢包。

確認距離公車來的時間還有一會兒之後，我們來到了蓼科湖畔。和昨天不同，結凍的湖面映照著陽光，非常漂亮。

咲良吐出了白色的氣息，那是一口長長的嘆氣。

『我會怎麼樣呢？』

『妳已經考上啦！』

咲良的視線落在手中裝著入學手續文件的袋子上。

我們踩在雪地上，一邊注意著踏在結冰的地方時不要滑倒，一邊繞了湖泊一圈。途中有個乘船的地方。只有乘船處的木板伸向結凍的湖面。看來在淡季的時節，小船都收進某個地方的倉庫了。

我回想起秋天和咲良一起乘船的事。

『等到夏天的時候，我還想再跟咲良一起坐船。』

『如果是腳踏天鵝船的話，我就陪你坐，因為我不相信你的技術。』

『那我就先到妳唸的高中附近的池塘特訓。』

『……我唸的高中？』
『不是嗎？』
『我不知道。』
很難得地，咲良喪氣地搖搖頭。
『一定可以去唸的。』
我肯定地說。雖然沒什麼根據，不過我一定得代替咲良強勢一點才行。
接下來，我們不發一語地踏著雪。
回到公車站的時候，我的身體流了些汗。
『我也一起去妳家吧！可以嗎？』
『你要來我家？』
咲良猶豫了一下，不過似乎沒有想到其他更好的提議，結果只能無可奈何地點點頭。
不單單只是因為汗水冷卻的關係，我的身體開始微微發顫。
我從來沒有見過咲良的母親或是和她一起住的家人，也不知道他們是什麼樣的人。
我一定要說服那些人。對我來說，這個擔子太重了。我深知這一點。
可是，除了我之外就沒有別人能做這件事了。

老爸的臉突然閃過我的腦海，不過我馬上就把它刪除了。不能靠老爸。雖然我們已經處於半和解狀態，但是我現在還在蹺家。而且老爸說過自己不會插手管別人的家庭問題。我覺得有點無情，不過這才是大人的態度吧！我還不是大人，所以就算是別人的家庭問題，只要不是和自己毫無關係，我還是可以盡情插手。這個理由好像有點牽強，不過事實就是如此。

為了咲良，同時也為了我自己，我要把咲良帶去東京。

公車來了。

今天的公車也很空。其實應該說，根本沒有其他的乘客。我們並坐在最後面的座位。

公車從山上開往城鎮。

我們沒有強迫自己和對方說話，只是隨著公車搖動。一回過神，我發現自己握著咲良的手。

我老爸和老媽離婚了。咲良的爸媽也離婚了。

我老媽和咲良的父親再婚，成為夫妻。

我跟了老爸。咲良則跟了她的母親。

我老爸雖然單身，不過我卻發現他和瀨戶老師在交往。咲良的母親和一個名叫藤森的人再婚了。那個人也帶了一個自己的小孩，成了咲良的弟弟。而且咲良的母親生了藤森先生的孩子。

做爸媽的當然有各式各樣的權利，所以不管他們要離婚、再婚，還是要生小孩，都是他們的自由。即使和兒子社團的指導老師交往會很麻煩，那還是他們的自由。

可是，小孩子也有自由的權利。我想把自己的權利全部讓出來，只要讓咲良這次能夠得到自由就好了。

還沒到車站，我們就下了車。

『從這裡走過去大概十分鐘。』

在山腳起點的緩坡上坐落著一棟棟較新的房屋。雪大多消失了，融雪黑黑髒髒的積在路邊。

咲良踩著習慣的腳步，我則跟在她後面。

『媽媽很在意藤森先生。』

咲良用姓氏稱呼現在的爸爸。

『那須先生不是要幫妳付學費嗎？』

『不是全付就是付一半。雖然在金錢方面也有困難，不過媽媽在意的是如果我離開那個家，感覺會很像是藤森先生把我趕出去的。她不希望這樣。』

『怕別人說閒話嗎？』

『除了鄰居的目光之外，媽媽好像更怕藤森先生因此蒙羞。』

『是喔！』

真是令人似懂非懂的一段話。大人的思考好複雜。

『另外還有面對爸爸的面子問題。』

咲良口中的爸爸，就是親生父親那須先生，換句話說，就是我老媽的再婚對象。

『面子？』

『媽媽不想讓爸爸覺得她取得了我的監護權，卻沒有好好照顧我。』

『喔。』

這些話我也似懂非懂。我的老爸會對老媽要這種面子嗎？我覺得應該不會，不過如果老爸會的話，我想我應該會很高興。

我曖昧的回答似乎讓咲良覺得不安。

『你打算怎麼說服我媽媽？』

她直截了當地問我。

『我會告訴她我的情況。』應該讓她知道，做孩子的心情也是很複雜的。

事實上，我能做的也只有這樣。不知道從哪時候開始，我就已經決定這麼做了。我不是那種口才好的人。硬要說的話，我根本不擅長和人談話。和初次見面的大人談論高深的話題、試著讓對方接受，這種說話的技巧我當然不可能有。我不是朝風同學。連面對同學的時候，我都不曾要求對方肯定我的意見。既然這樣，我也只能正面迎敵了。

『你的情況？』

『嗯，沒錯。我只能做到這樣，但是也只有我做得到。』

咲良皺起眉頭。

『你再說清楚一點。』

我選擇了適合自己的用語，慢慢地開口說：

『我覺得，我和咲良是一件事情造成的兩個結果，或者說是兩個過程。講白一點，就是我老媽和那須先生湊在一起之後，我老爸和妳媽媽被留下來了，而他們兩人各自拿到了我們的監護權。我們站在幾乎完全相同的立場。』

『只不過我們之後的路差很多。』

『但是，咲良也可以過著跟我一樣的生活。就這個角度來看，妳其實就是我吧！』

平常要是說了這種話，我一定免不了被咲良的下段快踢連攻。可是現在，咲良慢慢點了點頭。

『我知道你想表達什麼。你的意思是說，我和媽媽其實也可以過著輕鬆愉快的生

活。』

輕鬆。現在的我輕鬆嗎？雖然離家出走了，不過和咲良面臨的嚴重情況比較起來，或許真的是如此。

『嗯，就是這個意思。如果真是這樣的話，妳應該就不會說什麼要自己去唸東京的高中了。我想對妳媽媽說的就是這些。』

『的確，如果是從你口中說出這些話，或許真的有說服力吧！』

『因為是輕鬆人生的超級實物範本親自出面嘛！』

咲良露出雪白的牙齒笑了。

『那我是什麼範本？』

『呃，太恐怖了，我不敢說。』

咲良的手立刻舉了起來，我也反射性地護住身體，不過她並沒有揍我。

『那就是我現在住的家。』

她伸手指著一間從東京的標準來看前院非常大，不過建築卻很平凡的兩層樓房子。

18. 看到不該看的事

玄關的門打開，一個少年站在門口。他撇著嘴角，瞪著我。

一定是咲良的弟弟。當然，他跟咲良長得不像，不過我卻覺得他很眼熟。我曾經在某個地方和這個男生見過面。

『怎麼了，銀河？』

咲良詢問的這句話讓我注意到了。

『你是……』

他是在我考上高中那一天，走出我家大廈的電梯時撞到的男生。那時跟他在一起的人可能是他爸爸。我問老爸他們是誰的時候，老爸答得很含糊。我現在終於知道原因了。

『你認識啊？』

咲良用懷疑的眼光交互看著我和銀河的臉。

『我根本不想認識他，不過我知道他是誰。』

銀河不屑地率先說了這番像人面獅身出的謎題的話。

『什麼意思？』

被咲良一問，我也輕輕點點頭。為什麼銀河和他的父親藤森先生會來拜訪我老爸呢？不先解開這個謎的話，我搞不好會被銀河吃掉。

『我們見過一次面。』

我只告訴咲良這麼多，接著又對上了銀河犀利的視線。

『你找我老爸有什麼事啊？』

『不知道。』

『既然特地跑到東京來，想必是件大事吧？』

『跟我沒關係，我只是跟著去而已。』

『你爸爸是為了咲良的事來找我老爸的。那和你也有關係，所以你才會用那種眼神瞪我，對吧？』

在搞不清楚狀況的咲良插嘴之前，我就先把手放在她的肩膀上，暗示她稍等一下。

『跟你這傢伙更沒關係。』

我竟然被比我小的男生說『你這傢伙』。換成是出雲，他一定會狠狠地揍人。這麼一想之後，我發現自己還滿冷靜的。不過不管怎麼樣，我都不會揍人。

『咲良要不要去東京讀高中跟我沒關係，跟銀河應該也沒關係吧？』

就算用咲良的話來說，我們是『沒有血緣關係的超級遠房親戚』，但除了這個問題之外，藤森先生和老爸之間並沒有交集。老爸之所以會說自己無法插手管別人家的事，就是因為藤森先生先來打過招呼了。竟然在背地裡偷偷摸摸地行動，真是狡猾。

『你跟藤森先生一起到隼家去，好阻撓我去東京唸高中，是嗎？』

了解事情的大致狀況之後，咲良立刻爆出這句話，接著一把抓住銀河的胸口。我都忘了就算出雲不在，這裡還有更暴力的人。還是和咲良住在同一個屋簷下的弟弟，早就已經習慣這種事了呢？不過咲良的行為讓銀河露出了明顯的驚訝和困惑。

『妳在幹什麼？咲良姊，快住手。』

銀河的聲音立刻變得怯懦無比。

咦？我心裡有了個問號。

這次換我搞不清楚狀況了。如果我記得沒錯，咲良在暑假離家出走的時候，曾經說過弟弟是個陰險的小鬼，根本無藥可救。他對我的態度確實是這樣沒錯，可是他似乎完全不敢違抗咲良。

還有那張驚訝的臉。好像因為咲良的兇暴改變而嚇壞了似的。咲良對我雖然是拳腳相向，不過她好像沒打過銀河，更別說是踢了。她該不會平常都裝出一副溫柔姊姊的樣子吧？這麼說來，我好像記得咲良說過她在家裡都是笑著說話……

咲良放開了抓著銀河胸口的手，然後用一種質疑的眼神看著我。我露出了毫不知情的表情，總覺得自己好像看到不該看的事了。

『爸爸才沒有阻撓妳。』

銀河用細細的聲音抗議。如果再被咲良的暴力波及一次，我看他大概會哭出來吧！

『那為什麼……』

咲良沒有追問下去。她閉上嘴巴，難過地看著銀河。銀河靜靜地別開目光。

『是為了咲良姊好。』

『為了我好？』

銀河彆扭地將別開的視線投向咲良。

『我和爸爸從來沒有想過要把咲良姊從家裡趕出去。』

『我知道。可是這是我自己的意思……如果你們覺得我很任性也沒辦法。』

『所以我們也不會阻撓妳，可是……』

銀河似乎在思考該怎麼說下去，但還是沒有找到適合的字眼，氣憤地搖搖頭。

如果可以的話，我真想悄悄離開現場。或許銀河說得沒錯，這真的跟我毫無關係。

咲良的家庭複雜的狀況，和我當初設想的完全不一樣。而且，咲良自己也比我想像中來得複雜。

汽車的引擎聲從後方傳來。銀河的目光立刻移到玄關外面。

『大家都回來了。』

『大家』就是此刻不在這裡的其他家人。

引擎聲停止，車門開關的聲音之後，玄關的門打開了。首先映入我視野中的，是我記得的藤森先生。沒錯，就是這個人和銀河一起站在大廈的電梯前面。

『咲良……太好了，還好妳沒事。』

說出這句話之後重重嘆了一口氣的人，是咲良的媽媽。她的眼睛和嘴巴都跟咲良很像，胸前抱著一個小嬰兒。咲良的媽媽將脖子還沒什麼力的嬰兒小心地交給藤森先生，好像在對待什麼易壞物品似的，然後她向咲良伸出手。

『我了解妳的心情，可是妳別再讓我們擔心了。』

『……』

咲良沒有回答。她一邊任由媽媽摸著自己的頭髮，一邊輕輕地咬住嘴唇。

『不管怎麼樣，還是先進來吧！』

藤森先生出聲說，咲良的媽媽便不再訓她了。接著藤森先生轉向我，咲良的媽媽也跟著將視線移到我身上，露出現在才看到我的表情。

『你是……』

『是隼吧！咲良的事給你添了不少麻煩。』

藤森先生好像什麼都知道了。

『不，別這麼說……』

我說到一半的時候，藤森先生懷裡的寶寶哭了起來。常有人說小嬰兒哭起來就像火燒屁股一樣，這哭聲在我耳裡聽來確實誇張得很像突然響起的消防車警笛。

『喔，怎麼啦怎麼啦？』藤森先生一面慌張地哄著寶寶，一面對我說：『請進。』

我跟在咲良的家人後面，笨手笨腳地脫去大鞋子和大衣。這種感覺真的很像來到遠房親戚家，我剛才的氣勢也消失得無影無蹤。我真的能成功說服以母親為首的一家人，讓咲良到東京來嗎？

振作一點，窩囊廢。

我一邊幫自己打氣一邊穿過走廊，在藤森先生的招待下坐上沙發。咲良隔著我脫下來的大衣坐在我身邊。

『我去哄小響睡覺。』

媽媽抱著寶寶走進了裡面的房間。原來寶寶的名字叫響啊！

『今天早上小響發燒了，所以我們帶她去醫院，只是單純的感冒而已。』

藤森先生不知是對著咲良還是對我說，總之他說完就跟著咲良的媽媽離開了。

銀河靠在房間角落的牆壁上。他的視線非常銳利，看起來好像不打算跟任何人說話，於是我只好小聲問咲良：『寶寶是男生還是女生啊？』

『女生。』咲良只回答了這句話。

『她長得很像咲良姊，也很像我。』

銀河開口了。我不知道該怎麼回答，只好露出討好的微笑。銀河哼了一聲，看來是非常輕蔑我的態度。啊！這種時候該擺出什麼表情才好呢？我老媽去看的摔角比賽當中，有的選手會戴著面具出場，我真想跟他們借來戴一下。

總之，我還是先以面無表情代替面具，然後試著將自己關在思考之中。

咲良和銀河不像，所以在他們之中加個小響，三人就會變成長得很像的兄弟姊妹了。

這代表了什麼意思呢？

答案是家人——我這麼認為，可是又覺得太單純了。假設那須先生和老媽有了孩子。我是不太願意去想這件事啦，不過就先假定狀況是這樣吧！如果中間加了一個小嬰兒，我和咲良就會變成長得很像的兄弟姊妹嗎？所以再加上這個寶寶、咲良、小響，我和銀河也會成為兄弟嗎……？我和銀河不是一家人，對他來說我只是外人，所以他才會對我懷有敵意，更別說是做兄弟了。

些微的頭疼讓我皺起眉頭，面無表情的面具馬上就被我摘掉了。

19. 家庭會議＋1

藤森先生和咲良的媽媽回來之後，在我們對面坐了下來。在藤森先生的命令下，銀河也在我們旁邊的椅子上坐下。

『要從什麼地方開始說起呢？』

藤森先生看著大家，感覺好像名偵探在推理小說最後關頭登場似的。兇手就在這些人當中。只是比起名偵探，他的外貌更像是魔鬼刑警。

『對對對，隼。』

就在我想著這些事的時候，忽然被叫到名字，害我嚇了一跳。我明明就沒做什麼虧心事啊！

『是。』

我乖乖回答。真是個膽小的人啊！

『聽說你也離家出走啦！』

對喔！我也做了虧心事，而且昨天晚上還和咲良睡在同一個房間裡，不過這可不是什麼虧心事喔！我辯解。
『我和老爸小吵了一架。因為剛好有東西要交給咲良，所以在離家出走的時候就順便來這裡了。』
『昨晚我跟你爸爸通過電話，大致上的情況也都了解了。上次見面的時候我就這麼覺得，你爸爸還真是有趣呢！竟然笑著說自己的兒子終於長大了，可以離家出走了。』
我臉紅了。比起自己的離家出走，老爸的反應更令我覺得丟臉。
『他是個奇怪的父親。』
『嗯，跟我的類型好像不太一樣。他還說如果只有隼一個人的話，他還會擔心，不過既然咲良也在，他就可以安心了。』
『呃，是嗎？』
我不知道自己還能回答什麼。
『你們兩個人待在一起嗎？』
媽媽語帶責備地問咲良。由於咲良沉默不語，我只好回答。
『我們是待在一起，不過那是因為我找不到住的地方，並不是那種……該怎麼說……就是那種奇怪的行為。』
媽媽瞥了銀河一眼，似乎是顧慮到孩子的教育問題。銀河不太高興地盯著地板看。

『隼沒那個膽。』藤森先生開玩笑似的說，引來了大家的注目。『這是隼的爸爸掛保證的。』

媽媽的表情緩和下來，連咲良的嘴角都在抖著忍笑。我好想立刻消失。如果不行的話，就讓我跟變色龍一樣溶進沙發和牆壁裡吧！老爸真是太過分了，我要離家出走。心裡雖然這麼想，不過我已經蹺家了。

『嗯，關於隼的事情就先說到這裡。』

藤森先生板起臉孔。看來我只是緩和氣氛的前言而已。

咲良把手上的文件袋放在桌上。

『這是隼拿來給我的。』

藤森先生阻止了媽媽迅速伸出來的手。

該我上場了。

雖然我很想消失，但是為了咲良，我得表現出自己的存在才行。我用舌頭舔舔乾燥的嘴唇，吞了一口口水。

『就是……』

我微弱的聲音被藤森先生的聲音蓋了過去。

『考上啦！恭喜妳。』

藤森先生露出滿面笑容。

咦？我覺得有點不太對。

我看了身邊的咲良一眼。她似乎也對藤森先生的態度感到困惑，微微張開嘴巴，好像想要問什麼。

藤森先生拿著文件袋站起來，對著接近天花板的神壇深深一鞠躬。

『託您的福，咲良順利考上高中了。』

他又對著神壇舉高文件袋，再把袋子夾在腋下拍了兩下手，然後再次鞠躬。

再次坐下之後，藤森先生才把袋裡的東西拿出來。他用力點點頭，同時也讓媽媽看。

我用手肘輕輕頂了一下咲良。究竟是怎麼一回事啊？

可是，咲良毫無反應。她的嘴巴微張，大眼睛眨個不停，驚訝得說不出話來。

『那個……』

我又發出了聲音。藤森先生從看得入神的合格證書上抬起頭來。

『什麼事？』

『藤森先生不是反對咲良唸東京的高中嗎？』

『現在不反對了。不過一開始是真的迷惘了一陣子。』

『那你為什麼要和我老爸見面呢？』

藤森先生有點困擾地看了坐在隔壁的咲良媽媽一眼。媽媽慢慢地搖搖頭。

『我現在還是反對。』

『我知道我太太會反對，但是我也能理解咲良的心情，所以才會騙妻子說要帶銀河去玩，其實是去拜訪隼的爸爸。我是先去打招呼，等到咲良在東京生活的時候，請他多多照顧。』

『什麼嘛！那老爸直接告訴我不就好了。』

我覺得鬆了一口氣，感覺凝聚在我肩膀上的力量瞬間消失一半。

『我其實也告訴隼的爸爸，希望能繼續跟咲良一起生活，不過他一定沒告訴隼吧？』

看來老爸的心思也滿細膩的嘛！

『而且這個傢伙的態度，』藤森先生看著銀河。『讓我發現他好像不太喜歡咲良在東京生活。直到最後，他都沒打算用正眼看隼的父親，對吧？』

被話鋒掃到的銀河小聲地說：『我沒那個意思。』

藤森先生露出苦笑。

『是嗎？我倒是覺得很抱歉，後悔帶銀河一起去。還有那須先生的事。』

藤森先生改變了口氣。聽到這個名字時，媽媽的臉頰抽動了一下，我知道咲良的身體僵住了。

『其實我更應該去好好麻煩咲良的親生父親，也想跟他先打個照面。我也跟你爸提過，不和那須先生見面，要直接回家。因為我得考慮到妻子的心情，而且咲良自己好像也不太想麻煩那須先生。』

咲良張大嘴巴。『我不會麻煩那須先生的。』

咲良對著藤森先生稱呼自己的親生父親為那須先生。我不由得瞇起眼睛，我覺得咲良現在一定受到了某種傷害。看著咲良這樣故意逞強，我多希望能代替她承擔痛苦。

『妳說那什麼大話！』

媽媽的聲音很低，感覺起來像是刻意壓抑了情緒。令人震懾的魄力讓我大大睜開了原本瞇起的眼睛。

『又不是什麼大話……』

咲良的話尾消失了。沒辦法，因為她媽媽生氣了。就像水在沸騰之前一樣，無比的熱量在那張面無表情的臉龐背後波濤洶湧。

理化課做過這個實驗。在這裡將沸石噗通放下去，會怎麼樣呢？

沸石就是我。在這樣子的高壓壓迫下，我不小心乾咳出聲，製造了契機。

媽媽沸騰了。她說的話像水蒸氣一樣噴發而出。

『妳也該收斂一點了吧？稍微替其他的家人想想嘛！妳說要去東京的時候，有想過

媽媽、爸爸的心情嗎？還有銀河、肚子裡的小響又有什麼感覺呢？幸好她平安誕生了。她搞不好還不想被生出來呢！今天早上小響會感冒，不也是因為妳把家裡的氣氛搞得烏煙瘴氣的關係嗎？』

媽媽一口氣說個沒完，上氣不接下氣地停下來時，藤森先生便從旁插嘴。

『咲良也很疼小響啊！』

媽媽失控了。

『不，才沒有。銀河還會幫忙餵奶、換尿布，可是咲良根本什麼都不做。』

我第一次從近距離親眼看到人氣得發抖的模樣。咲良像要擠出鯁在喉嚨的話一樣出聲反駁。

『我要準備考試。』

媽媽沒讓咲良繼續說下去。

『美其名是準備考試，其實根本就是為了逃到東京做準備。我知道離婚和再婚加重了妳的負擔，但是我也是為妳著想，才選擇這條路的。雖然失敗了一次，我還是努力地建立美好家庭。大家不都為了這個目的同心協力嗎？妳卻想要一手毀了這些努力。』

『她沒有這麼想吧？』

這次換成藤森先生靜靜地說，可是媽媽好像還說不夠。

『沒那回事！咲良根本不知道，她覺得只有自己一個人在忍耐，而且她根本就不知道，說要去東京對我的傷害有多大。』

到這裡為止，媽媽都是用稍微壓抑的聲音對著藤森先生說的，然後她又瞪著咲良。

『去了東京，不管怎麼樣都得麻煩那須照顧。妳知道那對我來說是多麼無法忍受的事嗎？』

『我就說我不會麻煩他。』

『那妳的學費跟住宿費怎麼辦？妳以為我們家可以全額負擔嗎？銀河也要上學，小響又剛出生。不是只能要那須出一半的費用嗎？』

『出社會之後我一定會還他的。』

這次換成咲良的聲音發抖了。我斜眼偷看，發現淚水只靠著表面張力硬撐在她的睫毛周圍。

『就算會還，也算是借過了。不只是錢，以距離來說，那須住的橫濱就在附近而已，一定會麻煩他的。取得咲良監護權的人是我，我好不容易才把妳拉拔到今天，可是他竟然拋棄我和咲良，去和別的女人生活……』

說到這裡，媽媽突然對我投來混雜著顧慮和憤怒的視線。

沒錯，她口中那個『別的女人』，說的就是我老媽。

20. 醜女

咲良的媽媽立刻發覺自己說錯了話，硬是將後面的話吞了下去，陷入沉默。

我真想馬上走人。我是老媽的兒子，所以被看作是所謂的加害者親屬。

『對不起啊！她剛才說得太過分了。』

藤森先生代替咲良的媽媽道歉。

我搖搖頭。咲良的媽媽應該有什麼話想說吧？說不定我老媽也有。現在這種事情都不重要。就算想要馬上離開，我也得留在這裡。既然我會留在這裡，自然是有要說的話。這是為了咲良，也是為了我。

『說起來，其實我或許也被我老媽拋棄了。所以在我內心的某一部分可能恨著老媽。她是個粗魯又任性的人，有時候快被她煩死了，但是我不討厭她。父母離婚是無可奈何的事。父母離婚之後，孩子就得和其中一個人分開、和另一個人一起生活，這也沒辦法。父親和母親互相討厭對方也是孩子沒辦法干涉的。但是，孩子愛爸爸也愛媽媽有什麼關係嗎？這樣子不是比較好嗎？』

我的聲音說到後半段的時候慢慢沙啞了。很少長篇大論的我覺得情緒有些激動，身體微微發抖。我很想冷靜地說話，不過我也只是個小孩子。

淚水滴落在咲良的臉頰上。然後，下一滴淚也跟著流了出來。

不知道是不是因為不忍心看到咲良這個模樣，銀河從椅子上站了起來。

『對。咲良也沒有討厭那須先生。會添麻煩就添麻煩吧！有兩個父親也沒什麼不好啊！把一個當成橫濱的爸爸，另一個當成茅野的爸爸就好了。』

『不好，一點也不好。』

媽媽看著地上不斷搖頭。

『咲良很努力喔！為了我和銀河著想，裝出一副成熟的樣子。會覺得心情煩悶也是自然的。知道媽媽懷了寶寶的時候，咲良的心情一定也很複雜，可是還是開朗地和我們一起高興。我覺得再這樣下去，咲良總有一天會崩潰的。就算是有血緣關係的家人，孩子在十幾歲的時候也會和父母親有摩擦。連隼都離家出走了。』

被這麼一說之後，努力壓抑住激動情緒的我反而很傷腦筋。

『不，我的狀況沒有那麼嚴重。與其說是離家出走，還不如說是想見咲良……對啦！就是這樣。』

說完，我還懷疑了一下自己。老爸和瀨戶老師的事，對我來說也許只是藉口而已。

藤森先生溫柔地輕拍媽媽的肩膀。

『媽媽，夠了吧！咲良順利考上高中了，而且還是這一帶沒有的高競爭率的高中。我們就爽快地恭喜她，把我們自豪的女兒送到東京去吧！不是約好了嗎？』

『話是這樣說沒錯……』

『大人是不可以說謊的。』

『我沒想到她竟然會那麼認真地唸書。』

『那就代表她有多麼想去東京。反正要上大學的時候，她還是會離開這個家，只不過是提早三年罷了。而且就算不住在一起，我們還是家人。咲良，對吧？』

咲良吸著鼻子點點頭，淚水不斷地落下。如果有小水桶的話，我還真想把它放在咲良的膝蓋上。可惜沒有這種水桶——我一邊這麼想，一邊伸手在口袋裡尋找，可是我沒有帶手帕。我沒有隨身帶手帕或衛生紙的習慣。這或許是因為老媽不在身邊的關係吧！老爸是把家中打理得不錯，但不是那種重視小節的人。

『拿去。』

不知何時回到房間裡的銀河遞給咲良一條毛巾——一條毛茸茸的手巾。

『嗯。』

咲良接過之後，將手巾蓋在臉上，那是非常自然流暢的動作。我暗自在心裡佩服銀河是個好弟弟。和我不一樣，他很機伶。
不過，現在可不是佩服的時候。
『都是你的錯。』
銀河用像刺一樣的眼神瞪著我。他或許是個好弟弟，不過也是個討厭的小鬼。
『我的錯？』
該說是出其不意還是青天霹靂呢？我怎麼想都覺得是找麻煩。不管是誰都看得出來，弄哭咲良的人明明就是她媽媽啊！
『對。看到你和你的古怪老爸在東京過著快樂的日子，害得咲良姊也想去東京。這跟你把她弄哭是一樣的意思。』
超級大歪理，不過看來他似乎是認真地這麼想。沒什麼主見的我漸漸覺得他說的也有道理。
『就算你這麼說……』
咲良還在忙著擦拭停不下來的淚水。既然這樣，就只能靠藤森先生拯救我了。
『嗯，這種想法也說得通。』
連藤森先生都站在銀河那一邊。
『你看，就是你的錯。』

銀河更囂張了。

『好了，銀河，我剛才是開玩笑的。會羨慕人家父子生活快樂的人應該是你，不是咲良吧！』

『才不是。我喜歡現在的家。』

被這麼指責之後，銀河氣沖沖地別開臉。

『對嘛！隼的爸爸和我的個性差很多。而且我們兩個人一起生活的時候都只吃外食，家裡跟垃圾桶一樣，當然不會快樂吧！』

銀河沒有同意也沒有反對。他可能覺得和爸爸過著兩人生活的時候，也有不一樣的快樂。

『總而言之，約定就是約定。讓咲良去唸東京的高中。可以吧，媽媽？』

對於藤森先生的再次詢問，媽媽心不甘情不願地答應了。

『如果爸爸覺得這樣子比較好的話，那就這樣吧！』

『好得很。我覺得比起這種鄉下地方，咲良更適合都市，對吧？』

『是嗎？』

咲良的臉離開了毛巾。她的大眼睛紅紅的，雙眼皮也腫了起來。

好醜，真是個大醜女。

我的情緒稍微舒緩了。

在對面淚眼汪汪的媽媽緩緩伸出手，用指尖輕撫合格證書。

最後，除了扮演銀河的敵人這個角色之外，我幾乎沒有上場的機會。這是家人之間的問題。我不是咲良的家人，只是沒有血緣關係的遠房親戚。就算我不多說什麼，一家人還是會以最適切的方式解決問題。

坐在我旁邊的咲良緊緊抓住毛巾，好像在感受著喜悅。

對咲良來說，或許現在這個時候才是放榜。

看著這樣的咲良時，感覺和在公佈欄上看到她的准考證號碼那時候完全不同。我覺得自己被逐漸擴散的感動包圍了。

『恭喜。』

說出這句話的人不是我，而是銀河。真是懂事的一句話。

『謝謝。』

咲良也懂事地回答。

銀河只說了這句話，就離開了房間。

『那個傢伙其實覺得很寂寞，因為他一直很崇拜咲良。』

藤森先生咧嘴一笑。我懂，爸爸總是覺得『自己的兒子最可愛』。不過我的意思當

然不是說他不疼再婚對象的女兒。

我突然好想見見老爸。仔細想想，從我飛奔出家門到現在，還不到二十四個小時。我真是個意志薄弱的離家出走少年。

『隼。』

我被咲良的媽媽喚了一聲，趕緊將視線從銀河剛才坐的空椅子上拉回來。

『是。』

『對你說這些話或許有點奇怪，也有可能只是無聊的堅持。不過我還是希望咲良的事情能夠盡量不要麻煩那須。』

『是。』

我眼前的人是咲良的媽媽，但她也是那須先生和我老媽再婚之前先娶過的人。我很不擅長處理複雜的問題，可是隨著逐漸長大，我們生存的世界也會越來越複雜。

『所以，咲良就請你多多照顧了。』

媽媽對著我低下頭，害我趕緊坐正姿勢。

『哪裡，我才要請妳多多指教。』

說完之後，我才想到自己根本沒什麼好指教的，不過咲良的媽媽沒有笑。我深深地低著頭。

『咲良，妳也來跟人家打個招呼。』

媽媽催促著咲良。

咲良遲疑了一瞬間之後，居然對著我低下頭。

『請多多關照。』

這個家裡果然住著一個我不認識的咲良。我認識的咲良絕對不會這麼輕易低頭的。

太過順從的咲良反而讓我覺得很恐怖，我重新低了一次頭。

『不，別多禮。』

這個時候，咲良用腳跟硬是在我的腳背上用力踩著猛轉。

好痛。但是，這是令人懷念的疼痛。

我忍耐著痛抬起頭。咲良一副趾高氣揚的醜女表情，雖然很醜，不過卻是我熟悉的咲良。

21. 姊姊、弟弟，和勉強算是弟弟的我

我拒絕了打算開車送我到車站的藤森先生，和咲良兩個人沿著來時的路走回公車站。四處的雪都融了。已經快中午了。

『結果根本不用說我的狀況。』

『嗯，隼真沒用。』

我還以為咲良的回答會客氣一點，不料她完全變回原本的咲良了。不，不對，應該說是我認識的咲良回來了——只不過眼皮還沒消腫就是了。

『不過我還真被咲良嚇了一跳。』

話雖如此，我還沒有變回那個平常總是被咲良吐槽到體無完膚的我。她帶著惡意的眼神瞪了過來。

瞳孔中燃燒著藍白色的火燄。

『再多說一句話，我就揍你。』

她的右手已經握好拳頭了。『攻擊是最大的防禦』就是這個意思。我立刻讓步了。

『知道了啦！我閉嘴就是了。』

我遵從她的命令，閉上嘴巴，邁開腳步。

環顧四周，這是咲良生活了好幾年的土地。我用力吸了一口氣，冷空氣讓我的鼻腔很痛。我還聞到了淡淡的青草味，大概是某戶人家養了牛吧——我心想，不過附近並沒有類似農家的住戶。

『你覺得這裡很鄉下吧？不過也沒有錯。』

咲良敏銳地看透我的內心。

『……』

『你說話啊！』

『妳不會揍我嗎？』

『那要看你說什麼。』

我慢慢地開口。

『總之，太好了。雖然有很多複雜的想法，不過就先別管那麼多了，我很高興。』

『因為我以後會離你很近嗎？』

『簡單說就是這樣。』

『你白癡喔？我只是順著你的話說耶！』

我被罵了。就是這樣，我才摸不透她的心。對於連一般的女人心都搞不清楚的我來說，咲良的心實在是太難懂了，幾乎是非歐幾里得幾何學❺的世界。

咲良的臉頰染上了一點蘋果色，我想應該是天氣冷的關係。忽然間，我想起了昨天晚上她胸前的隆起。我立刻將這個想法壓抑了下來，但我不會讓這個美好回憶就這樣溜走的。我要在記憶上面打上牢固的風箏結，讓它在心裡的藍天飛翔。

北國的冬季天空也很藍。冬天到了，春天還會遠嗎——就是那種感覺的藍色。

到了公車站，看看時刻表，下一班公車大約二十分鐘之後會到。我回頭望著咲良家的方向，雖然沒打算再去她家，我還是想好好記住那個地方。

『咦，那不是銀河嗎？』

一名少年小跑步在我們走來的路上。

『真的耶！有什麼事嗎？』

在我們的注目之下跑過來的銀河，一臉不爽地將一小包東西推給我。

『他們叫你帶著這個。』

拿去啦！他又推了我一次。我疑惑地接下他交給我的紙袋。

譯註❺：歐幾里得的《幾何原本》開啟了幾何學第一次革命性的發展。而這裡所講的『非歐幾里得幾何學』是指不同於歐幾里得幾何學的幾何體系，簡稱『非歐幾何』……唉！咲良的心果然難懂啊！

『那是什麼？』
對於咲良的問題，銀河口齒不清地回答。
『蜂子。是這一帶的名產。』
聽到之後，咲良把手放在額頭上。
『真是的，別這樣，太丟臉了啦！』
『我也說不要比較好……』
兩個人困擾地面面相覷。我不知道蜂子是什麼玩意兒，所以不知道該做出什麼表情。
『那個……蜂子是什麼？』
咲良不高興地回答。
『嗡嗡嗡嗡飛來飛去，用針刺人的那個蜜蜂的小孩。你就想成是蛆的朋友吧！都市的小孩不會吃這種東西吧？』
『呃，我是沒吃過……』
『直接丟掉沒關係。』
不只是味噌，連蜜蜂的幼蟲都能拿來當作名產，日本實在太大了。說實話，我真的覺得很噁心，不過我不能在這裡表現出困擾的樣子，不然就糟蹋咲良爸媽的心意了。不

懂禮貌的人比吃稀奇古怪食物的人更糟糕。

『老爸大概會喜歡吧！他之前跟我說過，出差來長野的時候他吃過這個，覺得意外地好吃。』

我一邊注意著不讓紙袋碰到身體，一邊隨口說了一些話緩和氣氛。我沒有勇氣去看裡面的東西。別說咲良了，連銀河都像是因此減輕了重擔似的。

可是，銀河緩和的表情只出現了一下子，然後又馬上語氣嚴厲地喊我的名字。

『隼……哥。』

他費盡力氣，好不容易才在頓了一下之後加了『哥』這個字。不過跟直接叫我的名字比起來算是進步多了。

『我有話跟你說。』

他的語氣強硬，就好像放學後叫人到體育館後面去一樣，不過因為他還沒變聲，所以沒什麼太大的魄力，所以我不大害怕。

『好啊！』

『有什麼話？』

咲良插嘴。那是交織著困惑和迷惘、不算太和善的問話方式。

『男人的談話。我想要在咲良姊不在的情況下單獨跟他說。』

銀河避開了咲良的目光，語尾也變得有些無力。

『好啊，來聊聊吧！』

在咲良說話之前，我就先回答了。咲良用兇狠的眼神看著我，不過大概是因為不能在銀河面前太粗暴的關係，她最後還是放棄了，輕輕搖著頭說：

『好吧！我去那邊走走，五分鐘之後回來。』

咲良對著銀河說，然後就一個人離開公車站，朝她家相反的方向慢慢走去。

等到她的背影縮小到一定程度的時候，銀河開口了。

『我不知道你在想什麼，不過在咲良姊暑假不見之前，我們家的人都相處得很好。雖然沒有血緣關係，可是我和咲良的感情也很好。』

『嗯，好像是這樣，只不過我是今天才知道的。』

『咲良姊沒有提過嗎？』

我含糊地說：

『相處得很好對咲良來說或許很痛苦吧！而且連小響都出生了。』

『所以我們家的人應該會比之前更團結才對啊！』

藤森家的所有人都和小響有血緣關係。這麼想來，銀河的說法就是正確的了。

『說不定咲良不這麼覺得。』

『不可能。』

我傷腦筋了。這種事情幹嘛不直接問咲良啊?不過我不能這麼說。就是因為問不出口,他才會跑來跟我說。而且銀河一定不想承認『問不出口』所代表兩個人之間的距離。

『銀河覺得是我教唆咲良去東京的嗎?』

『不是嗎?』

銀河的眼睛深處發出了刀刃似的光芒,和咲良很像。雖然沒有血緣關係,他們兩個人還是姊弟。

『我怎麼可能辦得到?你知道咲良幫我取的綽號是什麼嗎?』

『我哪知道。』

『那我告訴你,是窩囊廢。』

『……窩囊廢。』

『我想銀河一定知道這個字的意思,不過我可是還查了字典喔!意思是沒用的東西。像我這種人,根本不可能說動咲良。』

銀河垂下了肩膀。如果是忍著笑也就算了,可是看起來又不像。

『總而言之,咲良姊要離開家裡了。我剛才雖然說了恭喜,不過還是很生氣。』

銀河的表情扭曲了，可是看起來卻像是無路可走的臉。

『你想揍我嗎？你不是想跟我說話，而是想跟我打架？我可不奉陪。』

『我不知道啦！』

這麼自暴自棄地說完之後，銀河哭喪著臉。

怎麼辦？

我在公車站前被融雪弄濕的長椅上，舉起了手。這是跟朝風同學學來的扼殺對手興致的方法。

『放棄吧！我不想挨疼。』

我觀察著他，看看這招有沒有效。

『……窩囊廢。』

銀河突然低聲說。

說真的，我火大了。有那麼一瞬間，我真的覺得要打就來打。雖然對方看起來結實，但還是比我矮小，我不覺得自己會輸。

不過我還是放棄了。要說原因？因為我是窩囊廢。銀河只不過是說了別人說過的話而已，而且音量還小得要命。這沒什麼嘛！我之所以會聽到這句話，不是風向的關係，就是平常耳朵沒挖乾淨。

『我只要你記住一件事。』

放棄揍我的銀河將手伸進口袋。

『嗯？』

『我和咲良姊是姊弟。即使你和咲良姊的關係有可能變成這樣，你們也不會是兄弟姊妹。』

我帶著了解的意思用力地點頭。銀河喜歡咲良。他想說的一定就是這個。

『什麼都不准告訴咲良姊喔！』

銀河叮囑完之後，不等咲良回來——應該是不敢等到咲良回來——就直接離去了。

屁股好冷。

我從長椅上站起來，抓了一下褲子之後，發現屁股徹底濕成了一個圓形。

『唉！』

我沒帶手帕或衛生紙，這種樣子也不可能一擦就乾。

我朝四周東張西望，看到咲良走回公車站來了。這個不是尿褲子喔！我立刻在腦海裡辯解。咲良突然皺起眉頭，然後毫不保留地笑得東倒西歪，接著再說出幾句輕蔑我的話的身影浮現眼前。

銀河，咲良就是這種人喔！

22. 等待的人

站務人員站在茅野車站的剪票口。雖然沒有特別廣播，坐在等待室長椅上取暖的人們卻還是都站了起來。

不久之後，往東京的AZUSA就進站了。

就在我正要跟著周圍的人們站起來的時候，咲良輕輕地拉住了我的衣襬。

『等到快發車的時候再去才不會冷。』

與其說是討厭吹過月台的寒風，還不如說是我想多跟咲良相處一會兒，所以我又坐回了長椅上。

咲良裝出一副不感興趣的樣子問：『你跟銀河說了什麼？』

『不能說。』

『好啊！算了。』

她的樣子看起來好像不想就這樣算了。

『銀河是個為姊姊著想的好弟弟喔！』

我只說了這句感想。

坐在我身邊的咲良忽然轉身面對我。她的臉頰鼓了起來。

『你不要覺得我是騙子或是雙重人格喔！』

『我沒這麼想。』

『我想，讓隼看到的我，才是真正的自己。』

『那很好啊——如果妳能戒掉暴力行為的話。』

『你說這話什麼意思？』

由於咲良舉起手，我也稍微躲避了一下。和咲良交往可以鍛鍊我的反射神經，這對打手球來說或許也不錯。

『我的意思是說，我覺得使用暴力不太好。』

我說得很不理直氣壯。

咲良垂下雙手，眼睛看著地上說：『為了去東京，我把家裡的人說得有點難聽……』

『有什麼關係？我們現在是叛逆期啊！我有時候也會跟朋友說老爸的壞話。』

咲良嘆了一口氣。

『是喔！叛逆期啊？』

『所以也會離家出走。』

『可是你馬上就要回去了。』

『我不像妳意志那麼堅強，離家出走最多也只能一天——雖然這麼說有點沒出息。』

AZUSA的汽笛聲在不遠的地方響起，那是列車即將進站的警示。剪票口的站務人員瞄了我們一眼。

我站了起來，咲良也站起來。

『在春天之前，我就會去東京。』

『我會數著日子等妳來的。』

我走向剪票口，咲良也跟了過來。將車票遞給站務人員，等對方蓋章還給我之後，我在穿過剪票口之前回過頭。

咲良站在我眼前。她看起來有點落寞，而且毫無防備。

『不可以使用暴力喔！』

『啊？』

我瞄準了咲良，從正面踢了她一腳。就像暑假咲良回去的時候，在AZUSA發車之前對我做的動作一樣。

只不過我在踢到她之前就停下動作。

我應該是不會踢女生的。

可是因為動作太大了停不住，我的腳底輕輕地碰到了咲良的胸部。

『啊！』

我原本以為咲良被我嚇到了，她的臉是因為疼痛而扭曲。誰知道，下一秒她就變成大魔神。

『搞什麼啊你！』

『對不起，我其實沒打算踢到妳的。』

我一邊道歉一邊向前跑，駛進月台的AZUSA映入眼簾。

『下次我一定會還你一百倍的！』

在我跑下通往月台的樓梯時，我回頭瞥了一眼，結果看到身子探出剪票口的咲良在站務人員壓制下大聲喊著。

只能逃跑了。

幸好有站務人員在，不然的話，我一定會被揍得很淒慘，搞不好還會被她從樓梯上推下去。

我從樓梯跑上月台。在站務人員的阻擋下，咲良沒有辦法追上來。

AZUSA抵達月台。

但是，一心想早點上車的我還是得焦躁地等AZUSA停妥。

隨著流瀉而出的暖氣，車門慢條斯理地打開了。由於沒有人下車，我便立刻鑽到車廂裡面去。確認好座位之後，我脫下大衣坐了下來。我的座位在靠月台那一側的窗戶旁邊。乘客很少，我立刻放下椅背。

接下來就只等回到東京了。

短短一分鐘的停車時間過後，發車的鈴聲響起。

長野縣茅野市。我要離開這個或許不會再來第二次的地方了。

我想仔細看看這個咲良生活了好幾年的地方，於是透過掛著水滴的窗戶凝視外頭的景致。和來的時候一樣，味噌的招牌映入眼簾。再遠一點則是頂著白雪的八之岳的連綿山峰。只經過了一天，景色當然不可能改變，只是總覺得白色的山陵比昨天親切多了。

在我的視野裡還沒有絲毫春天的氣息。

AZUSA開動了。

這個時候——

咲良的臉出現在窗戶的另一邊。我的背立刻從斜斜的椅子上彈了起來。

咲良死盯著我，慢慢張開了嘴巴。雖然聽不見她的聲音，但我可以讀懂她的唇語：

『窩、囊、廢。』

AZUSA的速度加快了。在月台上跟著跑的咲良開始落後，然後迅速從窗外消失。

在她消失的那一剎那，我似乎看到咲良笑了。

現在，她一定也一邊目送著AZUSA離去，一邊揮著手。我在腦海裡描繪著如夢似幻的光景。

這幅光景漸漸融化了。

逞強離家出走的我，在落單不久之後，便抱著裝了詭異蜂子的紙袋沉沉睡去。

回程的AZUSA開得好快。我甚至覺得車子是用去程的雙倍速度衝回新宿車站的。

醒來的時候，發現我搭的列車追過了一列橘色的通勤電車。山已經不見了，取而代之的是高樓大廈。已經到東京了。明明只離開這裡一天，我卻懷念得不得了。窗外流逝的景色雖然是東京，但是對我來說卻是陌生的街道。如果被迫在這裡下車的話，我一定會迷路而不知該如何是好吧！即使如此，我還是覺得莫名地懷念。

我肚子餓了。這麼說來，在飯店用過早餐之後，我什麼都還沒吃。在我睡覺的時候，早就過了中午。

AZUSA準時抵達新宿車站。

我下了車站在月台上之後，發現東京也很冷，可是這裡的空氣比茅野更混濁。

好了，回家吧！

就在我踏出腳步的時候，有人喊了我一聲。

『喂——隼！』

我停下腳步回過頭，發現朝風同學和出雲在距離兩、三節車廂的地方向我揮手。我還以為自己看錯了，可是再怎麼樣也不可能一次看錯兩個人。

我快步走向他們。

『個子高就是有這種好處，馬上就看到了。』

出雲立刻說出了討人厭的話。

『歡迎回來，隼。』

朝風同學用和平常一樣的冷靜聲音說。

『你們怎麼會在這裡？』

如果不先問這個問題的話，我是沒辦法回應他的。

『你爸打電話來。』

『他說你離家出走了。殉情失敗了嗎？』

出雲戳了我一下。

『咲良家的人好像打電話告訴你爸說你要回東京了。可是你爸要工作，所以拜託我們來接你。』

朝風同學簡潔地說明了情況。

『受不了，真會給人找麻煩。』

我不知道該做出什麼表情才是，只能低著頭。結果不知道是不是因為脖子伸長連內臟都跟著動了的關係，我的肚子叫了。

『你還沒吃午餐嗎？』

『嗯，忘記吃了。』

『真像你會做的事啊！』

朝風同學推著我的背，我們一起朝剪票口走去。

『去吃點東西吧！』

『順便好好聽你說說。別想逃喔！』

出雲抓住了我的手臂。我甩開了他的手。

『沒什麼好說的。』

『不對，應該有很多趣事可以說才對。』

『說得也是，就當作日後的教育，告訴我們一下吧！』

連朝風同學都有興趣。我想起手上那個紙袋裡的東西。

『別說什麼趣事了，我倒是有帶禮物給出雲。』

『喔，還滿靈光的嘛！』

我把紙袋遞給出雲。出雲把手伸進去，抓著一個小瓶子拿到眼前。

『這是什麼啊？』

『蜜蜂的幼蟲。聽說很好吃喔！』

『噁，少來了。這種東西能吃嗎？』

出雲手忙腳亂地把小瓶子放回紙袋裡，然後利用快傳讓我抓住紙袋。朝風同學也微微皺起眉頭。包括我在內，我們三個人都是在城市長大的孩子。

『不要故意拿一些怪東西扯開話題！你就順便請我們吃飯，讓我們聽個過癮吧！』

『好啊，想吃什麼我都請客。可是我有權保持沉默。』

我知道這種方式對他們兩個人（尤其是出雲）是行不通的。我思考著該如何將自己和咲良那一段微妙的部分矇混過去。雖然睡眠充足，但是因為營養不足的關係，我的腦袋糊成一團。

笑著揮手的咲良……

我幻想著那幅畫面微笑著，被朝風同學和出雲兩個人挾持帶走了。難道只能全盤托出了嗎？

既然這樣的話，我想吃豬排飯。

這麼一想，我的肚子又叫了。

搞什麼鬼啊？！
她竟然叫我忘了以前發生的所有事情！……

盼望了好久，咲良終於順利考上了東京的高中，
可以如願到東京生活了！
滿心期待再次和咲良相聚的隼，老實地守著兩人的約定，
數著日曆等待咲良搬來東京的日子，
沒想到在這之前，卻先收到了她的一封信！
裡面有兩張信紙，
第一張寫著：『窩囊廢，謝謝你過去的幫忙。』
第二張則是：『窩囊廢，請你忘了以前發生的所有事吧！』
這簡直是青天霹靂！
兩人經歷了這麼多風波，現在好不容易能在一起了，
咲良竟然要甩了他！
難道這段戀情還沒正式開始，就已經要結束了嗎？……

【2009年2月出版】

窩囊廢
戀愛危機
ウラナリと春休みのしっぽ

各位聽過『荷爾摩』這個詞嗎？

我想，大家一定都不知道這個詞。就算有人聽過，應該也不知道它的意義，然而，這也是無可厚非的事。因為要知道『荷爾摩』這個詞的意義，以及存在於其背後的另一個廣闊的世界，必須先到達『某階段』，然而，一旦到達這個『某階段』後，通常就無法向他人提起這件事了——不，正確來說，應該是不願意提起。

我問各位知不知道『荷爾摩』這個詞，其實，我身邊的所有同伴都不知道它的正確意思。我隱約察覺到，這並不是我們這個世界的語言。也說不定，這個詞曾在某些特定人士之間流傳，只是經過漫長歲月而在某處消失了，或根本就是超越人類理解範圍的語言。

那麼，『荷爾摩』究竟是什麼？

歸根究柢，『荷爾摩』就是一種競技的名稱。『荷爾摩』是所謂對戰型的競技，目的在於與敵人競賽，決定勝負。競技人數二十人，敵我各十人。原則上，要戰到其中一方全軍覆沒，最後一個人從賽場消失時，才能分出勝負。然而實際上，比賽很少持續到最後一個人，通常在其中一方的代表宣佈投降時就結束了。

那麼，為什麼叫『荷爾摩』？

當參賽者從比賽中敗下陣來，不能繼續進行『荷爾摩』時，其中的理由就會赫然呈現。被擊敗的參賽者會不自覺地用力喘息，把鼻孔撐到不知羞恥的程度，顧不得周遭的一切，像要把肺裡的空氣全吐出來似的大聲叫喊：

『荷爾摩——』用最大的聲音吶喊。

進行『荷爾摩』的地點沒有限定。看到敗下陣來的女生，在四條河岸的正中央，用我在此完全無法描述的可怕表情大喊：『荷爾摩——』就算是敵對的那一方，也會覺得痛徹心扉。但是，不管是處於多可恥的狀態，當事人都非得大叫不可，因為我們跟那些傢伙簽訂了『契約』——儘管是在毫不知情的狀態下簽訂的。

現在我可以斷言，在『荷爾摩』中對戰的敵我二十人，如果曾經看過最後會毫不留情地降臨在敗戰者身上的可怕瞬間，絕對沒有人願意踏入『荷爾摩』的世界。但是，我們幾個被巧妙安排的陷阱（對，那是陷阱！）吸引，最後都跟那些傢伙簽下了『契約』。

沒錯，這件事要回溯到京都三大祭典之一『葵祭』的時候。一個月前才剛成為大學新鮮人的我跟高村，以及後來留下來一起行動的其他成員們，都以臨時工作人員的身分參加了葵祭。在祭典結束後，我們從聽起來就像勢力遍及全國的幫派組織——京大『青龍會』那裡拿到了稍嫌晚的迎新會傳單，揭開了一切的序幕……

要不是因為對早良京子的美麗鼻子一見鍾情，剛考上京都大學的安倍才不會加入這個名字很像不良社團的『京大青龍會』。口袋空空、肚子也空空，專靠遊走各社團迎新會賺晚餐的窮學生安倍，這次原本也打算吃飽就閃人了，沒想到竟然遇上令他驚為天人的京子！為了接近同是大一社員的她，安倍只好也跟著參加青龍會的所有活動。

說起來，這個社團還真奇怪，除了來來去去的大一新生外，只有十名大三社員，而每次的活動不是露營、烤肉，就是健行，基本上是個無所事事的社團。不過，安倍就是覺得有哪裡不對勁。

彷彿冥冥之中注定般，漸漸地，大一的固定成員也只剩下十個人。此時，在一場『祇園祭宵山』的盛大祭典上，自稱京大青龍會第四百九十九代會長的菅原學長，終於老實說出了青龍會成員的真正使命——原來他們竟然是一群『戰士』，要與另外三所大學的戰士進行一場名為『荷爾摩』的大戰！只不過，這群戰士的武器很特別，他們不耍刀、不拿槍，而是得先學會用那個世界的『小鬼』來作戰……

《鴨川荷爾摩》是被譽為『天才作家』的萬城目學的第一本小說，一推出便令日本文壇為之驚豔，並入圍堪稱日本出版界奧斯卡的『書店大獎』！全書以『陰陽師的故鄉』京都為背景，在『荷爾摩大戰』的緊張氣氛中，彌漫著與眾不同的奇幻氛圍，而鮮活的角色刻畫、大學生活的動人描述與不時引人捧腹的幽默情節，在在都令人不禁想大喊：『青春，萬歲！』

【皇冠文化集團・二○○九年一月奇幻獻禮】

窩囊廢離家出走/板橋雅弘作;玉越博幸圖;林冠汾．羊恩媺譯. -- 初版. -- 臺北市：皇冠, 2008.11　面；公分. --（皇冠叢書;第3794種 YA！；010）
譯自：ウラナリ、北へ
ISBN 978-957-33-2480-5（平裝）

861.57　　97019545

皇冠叢書第3794種

YA！010

窩囊廢離家出走

ウラナリ、北へ

• 皇冠文化集團網址：
www.crown.com.tw
• 皇冠讀樂Club：
blog.roodo.com/crown_blog1954
• 皇冠青春部落格：
www.wretch.cc/blog/CrownBlog
• 皇冠影音部落格：
www.youtube.com/user/CrownBookClub
• YA！青春學園：
www.crown.com.tw/book/ya

作　　者—板橋雅弘
插　　畫—玉越博幸
譯　　者—林冠汾．羊恩媺
發 行 人—平雲
出版發行—皇冠文化出版有限公司
台北市敦化北路120巷50號
電話◎02-27168888
郵撥帳號◎15261516號
皇冠出版社(香港)有限公司
香港灣仔駱克道93-107號利臨大廈1樓
電話◎2529-1778　傳真◎2527-0904
出版統籌—盧春旭
責任編輯—丁慧瑋
版權負責—莊靜君
外文編輯—蔡君平
美術設計—李家宜
行銷企劃—何曉真
印　　務—林莉莉
校　　對—鮑秀珍．邱薇靜．丁慧瑋
著作完成日期—2005年
初版一刷日期—2008年11月

法律顧問—王惠光律師

讀者服務傳真專線◎02-27150507
電腦編號◎515010
ISBN◎978-957-33-2480-5
Printed in Taiwan
本書定價◎新台幣180元/港幣60元